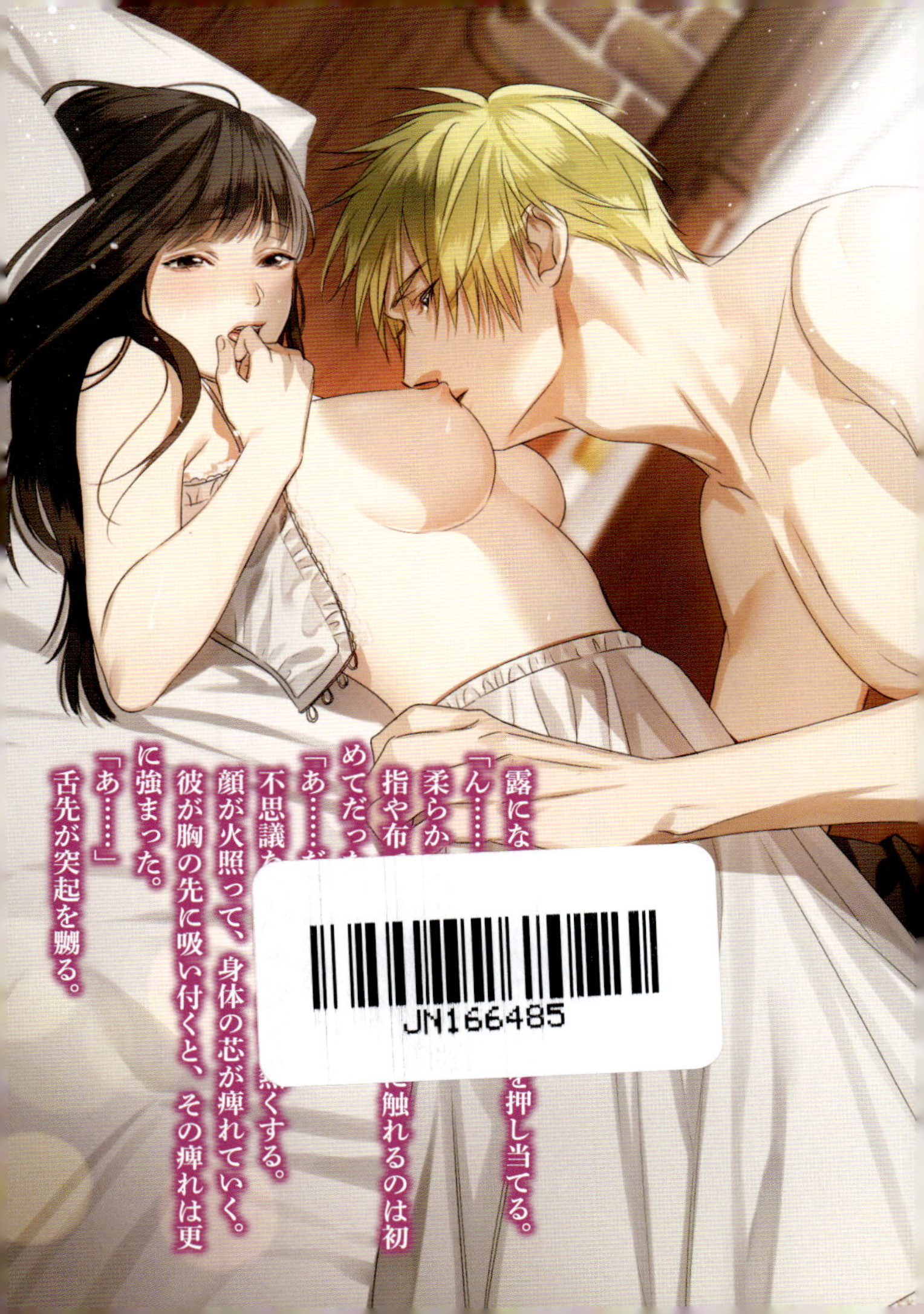

露になった柔らかな胸に、彼の唇が押し当てる。

「ん……」

指や布越しではなく、初めてだった肌に直接触れるのは初めてだって——

「あ……ぁ……」

不思議な感覚に、身体が熱くする。

顔が火照って、身体の芯が痺れていく。

彼が胸の先に吸い付くと、その痺れは更に強まった。

「あ……」

舌先が突起を嬲る。

強引な恋の虜

魔女は騎士に騙される

火崎 勇

white heart

講談社X文庫

目次

イラストレーション／幸村佳苗

強引な恋の虜

魔女は騎士に騙される

ロマノ王国の北の端。

地元の住民達が蒼《あお》の森と呼ぶ人里離れた森に、外国から流れてきたという老女が住んでいた。

老女の故郷はここより遠く、内戦に明け暮れている国だった。

老女は戦いで夫を亡くし、故国の家族を失い、この土地に流れてきた。

元々薬学の知識があったので、森の植物で薬を作り、それを土地の者に売って生計を立てることにした。

悲しい過去のせいで、あまり人付き合いがよいとは言えなかったので、最初は『薬売りの女』であったものが、いつしか周囲の者から『蒼の森の魔女』と呼ばれるようになっていった。

長い年月は、彼女を魔女と呼ばれるに相応《ふさわ》しい容貌《ようぼう》にしていたので。

だが魔女というのは、彼女の豊富な知識に対する尊敬の言葉で、決して忌み嫌われていたわけではない。

魔法を使うように、自分達の知らない薬を作る、という程度の意味だった。

老女がそろそろ自分の知識を誰かに継承させなければならない齢《よわい》になった頃、突然故国の女が一人の子供を連れて森へやってきた。

女は故国の貴族の侍女で、子供の親から子供を逃がすように託されてここまで逃げてきたのだが、ここに異国から来た女性がいると聞いて、もしや同郷の人ではと思って魔女の庵《いおり》を訪ねたのだった。

実際、魔女は同じ国の者だった。

魔女は、侍女から母国の王がついに斃《たお》されたことを知った。

それまでの貴族は襲われ、国を追われたことも。更に、弱体化した国は、隣国に攻め込まれ、魔女の母国はこの世界から消えてしまったことも。

侍女は長い旅に疲れ、怪我《けが》もしていたので、庵に着いてから一週間ほどで亡くなった。

もちろん魔女は手を尽くしたが、どうにもならなかった。

魔女は、手元に残った子供を見た。

亡国の貴族の娘。

身寄りのなくなった子供。

誰かに預けることも考えたが、魔女はこの娘を自分の跡取りとすることに決めた。

娘の名はリディア。

それが私だった。

私は幼い頃から、先代の魔女に全《すべ》ての知識を教わった。

そして彼女が亡くなると、『蒼の森の魔女』の名を受け継ぎ、森の庵で一人、薬を売って暮らしていた。

家族と呼べる者はもういない。

でも、私を慕って、頼りにしてくれる人々はいる。

生まれた国のことはほとんど覚えていないし、都会に興味はない。

静かなここでの暮らしはそう悪くはない。

ならばきっと、私はこの北の端の森で一生を終えるのだろう。

魔女として。

そう思っていた……。


私が住む庵は、大きな樹《き》に寄り添うような二階建ての建物だった。

寄り添う、というより大樹と一体化していると言ってもいい。

先代の魔女、エレーナがここに庵を建てた時には確かに寄り添っていたし、建物も一階しかなかったのだが、樹が育ち、薬が増えて手狭になったので、建て増ししたのだ。

この庵がとても立派なことが、村の人達が私やエレーナを受け入れてくれている証拠なので、私はこの庵がとても好きだった。

ここを訪れる者は、扉を開けて広がる大きな部屋に驚くだろう。

円形の部屋の周囲には、ズラリと様々な種類の薬瓶が並び、隅の竈《かまど》にはまさに魔女の住まいらしい大釜《おおがま》が置かれているから。

来客用のテーブルと椅子《いす》はその部屋の中央にある。

大抵の客は、ここへ来てお茶を飲み、薬を受け取って帰る。

一階には他《ほか》に、キッチンと調剤室、エレーナの寝室だった部屋がある。

元々は一階だけしかなかったので、生活の全てが一階で済むようになっている。

彼女がいなくなっても、エレーナの部屋はそのままにしてあった。

感傷ではない。私の部屋は二階にあるのだ。

二階には私の部屋と書庫、小さな空き部屋が一つ。

これがこの庵の全てだった。

朝、目が覚めると着替えをして森へ出る。

庵の裏に小さな薬草園はあるけれど、そこで全てが賄えるわけではないので必要なものは森の中へ採りに行かなければならない。

それも、ただ採りに行けばいいというわけではない。

植物はとても繊細で、季節だけでなく一日の時間でその効能が違うものもある。朝一番なら薬だけど、夜には毒とか。

気温や湿度でも薬効が変わるので、朝起きると一番にするのは窓辺に置いてあるツリガネフタバの葉の開き具合のチェックだ。

「ん、今日は開いてるわね」

ツリガネフタバは湿気が多いと先端のフタバが閉じてしまうのだ。

今日は開いているからずっと晴天、というわけだ。

これなら、森の奥まで行って、足りなくなってきたサルランタンとカラカラヅタの生えている崖《がけ》まで行けるだろう。

一日仕事になるから、お弁当を作らないと。

服を着替え、髪を結び、まずは朝食作り。

この間粉屋の坊やに教えてもらったタマゴパンを作ってみようかしら。

古いパンの中を刳《く》り貫《ぬ》いてタマゴを割り入れて焼くと、とても美味《おい》しいのだそうだ。

聞いた時には随分《ずいぶん》乱暴な料理だと笑ったけれど、手軽でボリュームがあって、イケるかもしれない。

階下に降り朝食を作り始める。

料理は得意だけれど、美味しいと言ってくれる人がいないと作る気がなくなってしまうわ。エレーナは、人が作ってくれる温かい料理は好きだと、何を作っても喜んでくれたから作り甲斐《がい》があったけれど、一人になってからは料理の手を抜くようになってしまった。

だめね。

食べるということは健康にとって大切なのだから、ちゃんと作らないと。

今度、子供達にハーブのクッキーでも焼いてあげようかしら？

そうだ、薬と一緒にあげるアメは作っておかないと。

そろそろ秋も深まってきたし、これから農繁期。きっと色々忙しくなるわ。働いていれば怪我もある、働き過ぎれば疲れも出る。寒くなってくれば風邪《かぜ》も心配。

傷薬と栄養剤、風邪薬のストックは作っておかないと。

思っていたより美味しかったタマゴパンを食べ終えて、簡単なサンドイッチを作り、バスケットにハサミ等と一緒に入れたところでドアをノックする音に気づいた。

まだ朝も早いのに、急病人かしら？

「開けろ」

という声が響き、もう一度ノックの音がする。

「今開けるわよ」

随分乱暴ね。

私はバスケットをテーブルに置いて玄関のドアを開けた。

「どうしたの？　怪我？　病人？」

こんなに早く訪ねてくるなんて、近くの顔なじみの村人だろうと思っていたのに、開けた扉の向こうに立っていたのは見たこともない男性達だった。

いかつい鎧《よろい》をつけた兵士が三人、立派な服を着た男性が一人、総勢四人の男達だ。

「蒼の森の魔女か？」

立派な服を着た先頭の男が私をジロリと見た。

「……ええ」

「若いな。白髪の老女ではないのか？」

「それは先代ですわ。代替わりをしたのです。私は二代目です」

「代替わりか……。それではお前が蒼の森の魔女であることに間違いはないな？」

「ええ」

「我々は王都からの使者である」

「王都からの？」

「お前は、許可を得ずに薬師《くすし》の営業をしているそうだな？」

その言葉にドキリとした。

この国では、薬を作って売るには薬師の許可証がいる。

それは既存の薬師の師匠につくか、王都の学校へ行かなくてはならない。もちろん、私はどちらもしていなかった。

けれど、農村や山間部では、その資格がなくても暗黙の了解というもので商売はできるはずだった。

「どうなのだ？　お前は資格を持っているのか？」

男に問いただされて、私は項垂《うなだ》れた。

「……いいえ。資格は持っておりません」

「だから魔女などと名乗っているのだな？」

「自分から名乗っているわけでは……」

まさか、資格がないからもう仕事をするなと言うのじゃないでしょうね？

私がいなくなったら、ここいらの人々はたった一つの医療手段を失ってしまう。医者や、正規の薬師がいる街は、ここから山を二つも越えたところにしかないのだ。

「魔女よ。お前にチャンスを与える」

「チャンス？」

「今、王城では陛下が病に臥《ふ》せっていらっしゃる。その病を治すための薬を作るのだ」

「王様の病……？」

「猶予は半年。たとえ魔女であろうと、お前の腕が確かなことは噂《うわさ》に聞き及んでいる。その腕で陛下のために尽くすのだ」

「お待ちください。陛下のご病気がどんなものかもわからなくては薬の調合のしようがありません。せめて病状なりともお教えいただかないと」

「陛下のご病状をみだりに明かすわけにはいかん」

はあ？

何よ、それ。

どんな病気かも教えずに薬を作れと言うの？

「見事薬ができた暁には褒美と、お前に正式に薬師の資格を与える。こんな山奥にいるお前には最初で最後のチャンスだぞ」

使者の男は恭しく巻紙を取り出すと、その中身を読めというように開いてこちらへ突き出した。

文面には、大体今、男が言ったようなことが書いてある。

一番下には、大臣の署名が記されていた。

本物だわ。本当に私に王城からの命令なのだわ。

これでは、いかに理不尽であろうとも『冗談でしょ』と退けるわけにはいかない。

「まあ、お前ほどの美人なら、薬師になどならなくても、稼ぐ方法はいくらでもあるだろう。無理でした、とここで言うなら俺が養ってやってもいいぞ」

私が巻紙を受け取ると、これでお役御免だと思ったのか、急に男はにやにやと下卑た言葉を口にした。

もしその言葉を言われなかったら、『無理です』と言ってしまったかもしれない。

けれど、その一言がカチンと来て、つい言い返してしまった。

「自分の稼ぎと顔を見てものを言うのね。あんたに養われるなんて、願い下げだわ」

「何だと？」

「大臣自ら『お願い』してきた魔女に無礼を働いたら、あなたの方が罰せられるんじゃないの？　ねえ？」

私は同意を求めるように背後に控えている鎧の兵士を見た。

「……エリン様、まずいですよ」

兵士は私に返事はしなかったが、使者の男にこっそりと囁《ささや》いた。

「ふん。どうせ何もできないに決まってる。半年後には頭を下げて俺に助けを求めることになるだろうさ。それが嫌なら、さっさと荷物を纏《まと》めるんだな」

「それ以上くだらないことを言ってると、どうなるかわからないわよ。私はダテに『魔女』と呼ばれているわけじゃないことを、教えてあげましょうか？」

にやり、と笑うと男達は一瞬身を竦《すく》めた。

もちろん、私は魔法を使う魔女なんかじゃない。

でも世の中にはそういう存在がいる、と信じている者が多いのだ。

「とにかく、確かに伝えたぞ。また半年後に結果を聞きにやってくるからな」

小心者ねぇ。

田舎の小娘と思っている時はあんなことを言ったのに、本物の魔女かもしれないと思った途端及び腰になるなんて。

男達はそのまま、そそくさと庵から出て行った。

戸口の小窓から、慌てて走り去る様子が見える。

「小物だわ」

こんな僻地《へきち》に使者として遣わされたのだから、大した人物ではなかったのだろう。

それにしても……。

私は手元に残った巻紙を、もう一度広げて読んだ。

『蒼の森の魔女へ
我が国の太陽である陛下が長い病に苦しんでいらっしゃる。本来ならばお前のような者にかかわらせる問題ではないが、未《いま》だ王都の医師や薬師に改善の方法を見いだせる者がいない。なので、特別にお前にも陛下の病にかかわる機会を与える。

陛下の病を治す薬を調合せよ。見事薬を献上した暁には、魔女に正式な薬師としての称号を与えよう』

つまり、王都にいる医療関係者はお手上げだから、魔女の手も借りたいってことよね。

薬ができたら資格を与えるとあるけれど、できなかったらどうするとは書いていなかった。罰を与えるつもりはないのなら、あまり期待もしていないということかしら？

ただ、王様の病気というのは気になった。

王様でも、病人は病人。治せるものなら治してあげたい。

けれど、病状がわからないのでは、薬の処方のしようもない。

「……バカ役人。本当に病人のためを思うなら、あんな下種《げす》な言葉を口にするより先に、体裁なんかにこだわらず、王様の病状を教えてくれればいいのに」

仕方ない。

久しぶりに村へ出て、行商人か誰かに話を聞いてみよう。こんな僻地にまで薬を求めてくるなら、きっと国中《くにじゅう》の噂になっているだろう。

何せ私には王都とか王様なんて縁が遠過ぎて、今の王様の名前や齢すらも知らないのだから。

知らないことはわからない。わからないことを考えて時間を過ごすのはただの浪費に過ぎない。

今できることがあるなら、それを優先させるべきだわ。

私は巻紙を巻いて棚に押し込むと、テーブルの上に置いたままのバスケットを取り上げた。

「薬草の採取よ。どんな薬を作るにしても、必要なのは材料だもの」

くよくよ悩んでも仕方がないわ。

物事前向きに考えるのよ。

嫌なことから逃げてるとも言うかもしれないけど、今できることが他にないんだから仕方ないのよ。

自分にそう言い聞かせて、私は庵を出た。

頭の中には『どうしよう』をいっぱい隠し持ちながら。

翌日、私は村まで出て、買い物ついでに王様の話を聞いていた。

もちろん、王城から使者が来たことには触れず。

ところが、やはりと言うか、王都から離れたこの土地では、まともな情報など得られなかった。

「王様のご様子?」

「立派な人だよねえ。この国は戦もないしさ」

「きっと毎日美味しいものを食べて、楽しく暮らしてるんだろうねえ」

村の者だって、私と一緒。

王様なんて雲の上過ぎて、知識があるとかないとか以前に興味もないのだ。

運よく王都の方から来たという行商人を見つけたけれど、王都の『方』から来たのであって、王都に詳しいというわけではない。

辛《かろ》うじて王様が最近姿を見せなくなったことぐらいは知っていたが、理由が病だとは言わなかった。

「遠乗りとか行かなくなったって話だなぁ。でもそれって年齢的なことだろう。今は立派な王子もいるし、お仕事を控えているんじゃないのか？」

どうやら王様が病に倒れたということは秘密らしい。

考えてみればそうよね。王子がいるらしいけれど、一国の王が倒れたなんて知られたら、周囲の国から何をされるかわかったものではないもの。

結局、買い物を済ませると、私はそそくさと庵へ戻ってしまった。

いつも一人で暮らしているから、人込みは疲れる。

庵で私に会う時には、『魔女』に薬をもらいにきたという心積もりがあるから、少し距離を置いてくれている人々が、村の中では近所の娘のように扱うので距離が近くなるせいもあるだろう。

ちょっと気を抜いていると、おばさん達は縁談を持ってきたり、村に住めと勧めてきたりするのだ。

でも私は森の暮らしが気に入っていた。

静かで、煩わしいこともなく、一日薬学の勉強に打ち込んでいられる庵での暮らしが合っているのだろう。

得るものがないまま庵へ戻った頃には、もう夕暮れだった。

「何の収穫もない一日だったわね。これなら、薬草採りに行ってた方がマシだったわ」

疲れた身体《からだ》でお茶を淹《い》れる。

テーブルの上には昨日の夜に引っ張り出した薬学の本が開かれたままになっていた。

本は、この国のものではない。

ロマノ王国は薬草学が遅れているのだ。

薬師（正式な薬師ではないけど）の私を魔女と呼ぶのもそういうことだ。

エレーナの話では、今から二代前の王様の時、一人の呪い師《まじなし》が王妃の病を治したことで、ここでは薬学よりも呪いの方が有効だということになったらしい。

ばかばかしい。

祈って何かがよくなるなら、誰だって必死に祈るわよ。

どんなことにも原因と結果がある。何かが変わるのは、それに作用するものがあるからだ。祈りは……、多少は効くかもしれないけれど、薬に勝るものだとは思わない。

私とエレーナの母国は、ここと は逆だった。

祈りや神をないがしろにし、戦いを優先させた。

国は疲弊し、戦での怪我人や、貧しさからの病が蔓延《まんえん》し、そのせいで医療が盛んになった。

兵士は傷を治して戦いに戻れ、貧しい農民は病に倒れている暇など与えず税を納めるために働けってことね。

けれど結局、戦いのたびに焼き打ちなどで貴重な本や資料も失われていった。

エレーナは自分の過去について話すことはなかったけれど、きっと国では医療に関係する家の人間だったのね。

薬の知識がどれだけ人の役に立つか知っていたから、こうして本を持って出たのだわ。

そしてお金を手にするたび、もっと沢山の本を集めた。

知識は、私にとって愛情だった。

両親の記憶が薄れても、エレーナが熱心に教えてくれた知識はしっかりと残っている。

棚に並ぶ薬瓶の一つ一つに思い出が宿っている。

あの薬の調合は一番に教えられたわ。こっちのは材料が見つからなくて、二人して冬の雪の中を歩いた。

それから棚の一番上にあるヤツはとても危険だから必要以上に作ってはいけないと、きつく言われたっけ。

そんな思い出に耽《ふけ》っていると、ドアをノックする音が聞こえた。

窓を見ると、外はもう暗くなっている。

こんな時間に森へ足を踏み入れるなんて、急用かしら?

立ち上がりドアに向かったところで、私は足を止めた。

こんな時間に、と考えてドアを開けた記憶が蘇《よみがえ》ったからだ。それは昨日の朝で、扉の向こうに待っていたのは王城からの使者だった。

まさか、またあの連中が来てるんじゃないでしょうね?

下卑た言葉を投げかけたあの使者の男が、女一人と思って悪さをしに来た、というのは考えられないことじゃないわ。

私は盗賊用の『仕掛け』のスイッチを入れ、痺《しび》れ薬《ぐすり》入りの布玉を隠し持った。

これが当たれば薬が散って、どんな屈強な男でもすぐに動けなくなるのだ。

「どなた」

用心して私はドアを開けずに訊《き》いた。

「蒼の森の魔女を訪ねてきた。開けてくれ」

昨日の使者とは違う声ね。

若くて、張りのある響きは、盗賊のものとも思えない。

「ちょっと待って」

仕掛けのスイッチの方は切って、私は扉を開けた。

「今晩は。魔女殿はいるかな?」

立っていたのは背の高い、立派な服を着た若い男。昨日の使者よりも立派な服だわ。腰に剣を下げているところを見ると、騎士ね。

金色の髪に青い瞳《ひとみ》、冷たい印象を与えるほど整った顔。

「いるけど、何か御用？」

「魔女殿に会いたいんだ」

「ここにいるわ」

「ここに？」

彼は見えない何かを探すように、部屋を見回した。

「目の前よ」

「目の前……、お前が蒼の森の魔女？」

「そうよ」

初対面の人間にお前呼ばわり。

本当に都の男って礼儀がなってないわ。

「私が聞いたのは、白髪の老女だということだったが。魔女らしく若甦《わかがえ》りの魔術でも使ったのか？　この国では珍しい黒髪とその美しさは魔女らしいが」

男は薄ら笑いを浮かべた。

いるのよね。

私の噂を聞いて遠方からやってくる連中の中に、『魔女』という呼称を本当の魔女、つまり魔法が使える者だと思ってる人間が。この国に、まだ呪いへの信奉が残っている証拠だわ。

面倒だから否定も肯定もしないけど。

「それは先代のことね。代替わりしたのよ。私は二代目」

この会話も昨日したわね。

「それならば現実的な答えで納得だ。では、デリーヌ伯爵の病を治したというのは先代か？　それともお前か？」

男は上から目線で問いかけた。

「デリーヌ伯爵？」

「去年、旅先で急な病に倒れた貴族を治しただろう。それとも、それは別の人間の仕事だったのか？」

言われて思い出した。

去年、村を通りかかった貴族が、突然の病で宿屋に運ばれたことがあったのを。

「それがお髭《ひげ》の紳士ならば私よ」

「どうやって治した？」

「魔法じゃないわよ。……あのねぇ、あなた一体何者？　何をしに来たの？　さっきから

名乗りもせずに質問ばかり。自分が礼儀知らずだとわからない？　騎士さん」

「騎士？　何故《なぜ》私を騎士と？」

「腰に剣を下げてれば誰だってわかるわ。それとも、売り物をぶらさげてる武器屋？」

彼は自分の剣に手をやり、笑った。

今度は薄ら笑いではなく、微笑《ほほえ》みだ。

「観察眼があるな」

「そんな大きな剣を見逃す人間がいたらボンクラよ。私を訪ねてきたのなら、まず名前と用件を言いなさい。それが人としての礼儀でしょう？」

「いいだろう。私は王の騎士、アルフレドだ。お前が蒼の森の魔女であるなら、王城から王の薬を用意しろという書状を受け取っただろう」

「だったら何なの？」

「お前が王にあやしい薬を与えないように、見張りにきた。つまり、監視役だ」

「……はぁ？」

「王のお身体を心配するあまり、大臣達がお前の噂を聞き付けて薬を依頼したそうだが、お前は正式な薬師ではない。ましてや自らを魔女と名乗るあやしげな者だ。魔女だの呪い師だのを王家にかかわらせることは善しとはしない。ちゃんとした薬を作るのか、あやしげなものを作るのか、この目で確認しないとな」

当然だろうと胸を張るアルフレドに、私は呆《あき》れた。

バカだわ。

王城の人間はみんなバカなんだわ。

突然病人の病状も教えずに薬を作れと言ってきたと思ったら、今度は自分が依頼したのに信用できないから監視する？

それだったら最初から頼まなければいいのに。

「金は払ってやろう。暫《しばら》くここでお前の仕事ぶりを見せてもらう」

言いながら彼は金貨が入っているらしい小袋をテーブルの上に置いた。

「滞在費には十分過ぎるだろうが、取っておけ」

「いらないわ」

「いらない？」

「あなたがここにいたいならいてもいいわ。でも滞在費はいらないって言ってるの」

「しかし食事代は必要だろう」

「呆れた。勝手に押しかけてきて、他人に食事まで作れって言うの？　お金があるなら、自分で村まで行って好きなものを買ってらっしゃい。言っておくけど、掃除も洗濯もしないわよ。私は忙しいんだから」

「……いいだろう。自分で何とかしよう。だが金は必要だろう？」

「お金なんかもらっても、ここでは使い道がないわ。私が欲しいのはお金より人手よ。そうね、あなたが私の仕事を手伝ってくれるなら、食事くらいは出してあげてもいいわ」

「魔女の仕事を私が?」

「薬師の仕事、よ。薬草の採取や調合、力仕事はいくらでもあるわ」

「その仕事の報酬に、馬の滞在費も入れてくれるか?」

「馬で来たの?」

「外に繋《つな》いである」

「見せて」

私は彼を押しのけ、庵の外に出た。

暗くなった森に、一頭の白い馬が繋がれている。

動物は大好きだった。

主人は横暴だけど、この馬はとてもおとなしくていい馬ね。手入れもよくされているし、可愛《かわい》がられている馬だわ。

首を撫《な》でてやると、気持ち良さそうに目を閉じる姿が可愛い。

「何ていう名前?」

「プリムラだ」

「プリムラ。お前の家はここにはないけれど、明日にはきっとご主人様が作ってくれるわ。だから今日は外で我慢してね」

「私が作るのか？」

「あなたの馬でしょう」

「それはそうだが……」

「水は飲ませた？　食事はクズ野菜でもいいわね。待ってなさい、今持ってきてあげる。

アルフレド、その裏に井戸があるから、水はあなたが汲《く》んできなさい」

「馬には優しいんだな、私もそろそろ空腹なんだが？」

「馬は自分で料理ができないのよ。まずプリムラの世話が先。私も夕飯は食べるから、

『ついでに』出してあげるわ」

偉そうに戸口で腕組みをして立っているアルフレドに向かって、私は命じた。

「さあ、さっさと動きなさい。もたもたしてるとその分夕飯が遅れるわよ」

こうして、押しかけられた同居は、突然始まった。

私の意思とは関係なく。


アルフレドには、一階のエレーナの部屋を貸した。

彼女の部屋を他人に使わせるのはあまり本意ではなかったけれど、私と同じ二階で寝起きさせるのは嫌だったし、何よりこの庵に余分なベッドはそこにしかなかったから。

絶対に部屋のものを動かさないようにと命じることは、忘れなかった。

「女性の部屋を使わされるのは初めてだ」

と文句を言っていたけど、そんなのは無視よ。

「よかったわね、新しいことが体験できて」

と軽く受け流した。

一応、用心のために自分の寝室にカギはつけたけれど、それを彼には伝えなかった。

ずっと一人で暮らしていて、時々は誰かがいればいいのにと思っていたから、彼の滞在はそう悪いものではなかった。

第一、アルフレドは観賞の価値のある容姿だったもの。

金色の髪はさらさらで、白い肌は女性のように美しい。青い瞳は宝石のようにキラキラしていたし、彫りが深いのにゴツゴツしていない顔立ちも整っている。

以前、村に旅役者の一団が来た時、やはりハンサムな男がいたけれど、アルフレドはその役者よりずっと品があって華やかだった。

きっと彼はただの騎士ではなく貴族ね。

身につけているものも高級そうだし。

ただここではその服は邪魔《じゃま》だった。

「剣は自分が動くのに邪魔じゃなければ好きにしていいけど、服は着替えた方がいいわ。あなたには森に入ってもらうから汚れたら帰りに困るでしょう？」

「着替えはない」

「呆れた、着替えも持たずに旅に出たの？」

「出先で買えばいいと思ったんだ」

「じゃあ一枚売ってあげるわ」

新しい白シャツを渡してやると、彼はそれを広げてこちらを見た。

「恋人がいるのか？　男物だ」

「売り物よ。薬草を扱うついでに染め物もしているの。恋人なんていないわ」

「それはもったいない。こんな美人なのに」

「お世辞は結構」

彼が目の前で服を脱ぎ始めるから、背を向ける。

女性の前で着替えるなんて、礼儀知らずと言いたいけれど、ここには衝立《ついたて》もないから仕方ないわ。

「世辞など言わないさ。闇《やみ》のように黒い髪に白い肌、微《かす》かな赤みを帯びた黒い瞳に薔薇《ばら》のように紅《あか》い唇。魔女の魔法で作られたのでないのなら、キーファの者か？」

その国の名前が出て、私は驚いた。

「今はない、遠い国の名前だわ」

「戦乱で、あの国の人間はあちこちへ散ったそうだ。その特徴は、黒い髪に、赤みがかった黒い瞳だという」

王都の騎士だから、知識にたけているのね。

ここいらの人達が知らないことも知っているのだわ。

「……そうよ。私も、亡くなったエレーナもそこから来たの。でももう今はここが私の住むところよ」

私は素直に認めた。

別に隠しておかなければならないことではないし、いいでしょう。

「魔女ではなく、正体がわかって安心したな。もし関係ないと言われたら、やはり魔法を疑ったところだ」

アルフレドが笑ってくれたから、少し気が楽になる。

「逃げ出したのは主に貴族だそうだが、二人ともそうだったのか？」

「エレーナのことは知らないわ。何も言ってくれなかったし。もしかしたら王女様だったかも。私は……、多分貴族ね。今は関係ないけど」

自分の出自を話すのは初めてだった。

貴族であったことも、ここで魔女をやっている限り関係はない。

ただ、万が一私の親族が迎えにきた時にわかるようにと、家紋のついた宝石の指輪を持ってはいるが、それをこの指にはめることは一生ないだろう。

「あなたは魔女にこだわるけれど、魔女に憧《あこが》れてるの？」

「いいや、反対だ。魔女と名乗る人間は好きじゃない」

「魔女は嫌い？」

「魔女が本物だったら、嫌いじゃないさ。魔法が使えると嘘《うそ》をつくペテン師が嫌いなんだ。リディアは魔法を使わないと正直に言ったから、好きかな」

アルフレドは白いシャツに着替え、私の前に回って微笑みかけた。

戯《ざ》れ言《ごと》だとわかっていても、整ったその顔で微笑まれて『好き』と言われるとドキリとする。

尊敬するとか、すごいとは言われても、男性に好きと言われたことなどなかったから。

「まあまあ似合うじゃない。それじゃ、まずプリムラの小屋を作るところから始めましょう」

「馬小屋を、私とお前で作るつもりか？」

「昨日そう言わなかった？　ご立派な馬小屋は作れなくても、屋根があって狼《おおかみ》避《よ》けの柵《さく》を作るくらいはできるでしょう。それと、馬小屋は私達で作るんじゃないわ。あなたが一人で作るのよ」

「その間リディアは何をするんだ？」

「薬を作るに決まってるでしょう」

「それでは仕方がないな。やってみよう。私の愛馬だ」

お綺麗《きれい》な服を着た王都の騎士なんて、剣を振り回すしかできないだろう。

きっとガタガタの馬小屋しか作れないに決まってる。

泣きついてきたら、村の大工を呼べと言ってあげよう。

「材木は、どの木を切ってもいいのか？」

「ダメよ。薬になる実をつける、大切なものがあるんだから」

「だが私には見分けがつかない」

「……仕方ないわね。木を選ぶところまでは手伝ってあげるわ」

朝から誰かと会話するなんて久しぶりだった。

一人暮らしが寂しいわけではないけれど、こうして軽口をたたき合うのは楽しいことなのだと思い出す。

アルフレドはとてもいい人だった。

顔がいいという意味の『イイ男』というのではない。それもまあそうだけど。言うなら、思っていたよりもずっとまともな人間だったということかしら？

貴族の騎士なんて、口ばっかりで偉そうにしてるだけ。こんな僻地にも、貴族がやってくることはある。エレーナの客の中に、貴族の使いもいた。

そういう人達は大体、椅子が硬い、お茶は出ないのか、庵が遠い、道が悪いと文句を言うばかり。

目の前にあるコップを一つ取るのでも、自分で取ればいいものを召し使いに取らせる。

昨夜、簡単なシチューとパンを出した時、アルフレドは一瞬戸惑った顔をした。

どういう意味だったのかは口にはしなかったけれど、きっと粗末なことに驚いたのだろう。なのに彼は美味しいと言って全て綺麗に平らげた。

ただお腹《なか》が空《す》いていただけかもしれないけれど、食べ物を粗末にしない人は好き。

朝も、貴族は大きなふかふかの羽布団のベッドで寝てるだろうに、質素な木のベッドで寝たことを愚痴ったりしなかった。

下卑た言葉を口にしたり、夜中に私の部屋に忍んで来ることもない。

彼は、紳士だった。

いい人だった。

だから、文句を言ったらすぐに追い出そうという気持ちは、暫くここに滞在させてもいいというものに変わっていた。

一番の理由はプリムラが可愛いからだけど。

切っていい木を選んでいる途中で、昔エレーナが馬を飼っていたことを思い出し、庵の裏手にある崩れかけた馬小屋を修繕するように勧めた。

彼をそこに残し、私は昨日採取してきた薬草を仕分けに庵に戻った。

薬草は採ってきて終わりではない。

干したり、砕いたり、削ったりしなければならない。

まずは風邪薬のストックを作っておかなくちゃ。

それと、ミーナおばあちゃんのリウマチの薬も作らないと。

どんな病かもわからない王様の薬なんかより、今すぐ必要となる薬を作る方が優先。

日当たりのいい場所に採ってきた薬を広げ終わると、薬研《やげん》を持ってきてチチリの実をすり潰《つぶ》し始めた。

外から、アルフレドの振るうトンカチの音が聞こえてくる。

規則正しい響き。

彼は大工仕事もできるみたいね。ヘタな人の音は途切れ途切れだけれど、彼の音はとてもリズミカルだもの。

騎士って、そんなこともするのかしら?

もし大工仕事が得意なら、大きいテーブルを作って欲しいのよね。それと新しい棚。

新しい薬を覚えると、そのための材料も完成品も増えるわけだから、どんどん手狭になってしまう。

二階の空き部屋も、そう遠からず薬か本か、どちらかが占領するだろう。

騎士であろうと、貴族であろうと、働かざる者食うべからずよ。ご飯は提供してるんだし、昼食の時に頼んでみよう。

滞在費をもらわなかったのはいい判断だったわ。

これで男手が必要だったことを押し付けられるもの。

地下のワイン蔵にも棚が欲しかったのよね。ワイン蔵とは名ばかりで薬酒を保存しているのだけれど、それもだいぶ増えたし。

ついでにランタンを掛ける場所も作って欲しいわ。

ランタン自体も、作ってって言ったら作ってくれるかしら？

あれは金属の枠が必要だから無理かしら？

階段の手摺《てす》りも直して欲しいなあ。

そんなことを考えながら作業を続けていると、ドアをノックする音が聞こえた。

……またお城から？

「リディア、ヨークだよ」

ではなかった。

立ち上がってドアを開けると、顔なじみの子供が立っていた。

「どうしたの？　ヨーク」

「父さんが水車に手を挟まれちゃったんだ。傷は塞《ふさ》いだけど、痛み止めの薬をもらってきて欲しいって」

　ソバカスのあるヨークの顔は、不安そうで、目が少し潤んでいた。

「傷はどの程度なの？　あんた見た？」

　ヨークは小さく首を振った。

「手を押さえてる布が真っ赤だった。でも父さんは大丈夫だって……」

「でも本人がここに来られないくらいなのね。いいわ、すぐあんたん家《ち》に行くから、先に戻ってお湯をいっぱい沸かして、清潔な布を用意するように母さんに言いなさい」

「来てくれるの？」

「粉屋にはいつも美味しい小麦を分けてもらってるからね。さ、行きなさい」

「うん！」

　私が行くと知って、元気が出たのか、ヨークは庵に入ることなく一目散に森の道を走って行った。

「さて、働きどころだわね」

　私はバスケットを取り出し、幾つかの薬瓶を棚から取って中へ突っ込んだ。

　消毒薬と止血剤と消炎剤。傷口を塞ぐためにはゴアの葉がいいわね。包帯の用意もしておかないと。

それから、まだトントンやってるアルフレドのところへ向かった。

「アルフレド、馬を出して」

アルフレドはちょうど馬屋の屋根の穴の空いたところを塞いでいる最中だった。

「私を御者か何かだと思ってるのか？」

不満そうな視線を向けられたので、彼が動きやすいようなセリフを口にする。

「あなたは立派で心の優しい騎士だと思ってるわ。だから怪我人のために馬を出して欲しいのよ」

「誰か怪我をしたのか？」

「今、粉屋の息子が来て、父親が水車に手を挟まれたと言ってきたの。子供じゃ怪我の程度を説明できなかったから、行って直接診てみないと」

「医者のようなことを言うんだな」

「こんな僻地じゃ、医者も薬師も魔女も一緒よ。父親が怪我をして働けなくなったら、粉屋は一家で路頭に迷うでしょうね。粉屋には四人の子供がいるのに。それを思うと、立派な騎士ならば馬を出したくならない？」

にっこりと微笑むと、彼はすぐに大工道具をしまって、外していた鞍《くら》をプリムラの背に乗せた。

「すぐに出よう。来い」

「あ、待って。薬を取ってこないと、それに家にカギをかけるから」

思った以上に早い反応に、こちらが慌てた。

「玄関先で待つ。急げ」

アルフレドについて、一つわかったわ。

彼は人の命を大切にする人で、そのためなら私にぞんざいな口を利かれても気にしないのだということが。

バスケットを取りに戻る口元が緩む。

アルフレドのことを、ここに来た目的以外は気に入ってしまった。

彼は、『イイ男』だわ、外見も中身も。

バスケットを持って外へ出ると、すでにアルフレドは馬を回していた。

近づくと、その腕が私を軽々と抱き上げる。

「何するの！」

「馬に乗せてやってるんだろう」

「一人で乗れるわ」

「では次からそうさせよう」

私を鞍に乗せ自分も跨《また》がる。

馬は一頭しかいない。乗せてと頼めばそうなることはわかっていたけど、背後からアルフレドにしっかりと抱き締められ、私は顔を熱くした。

「しっかり摑《つか》まってろ。村まで飛ばす。その後は道案内してくれ」

ありがたいことに、背後にいる彼から、赤くなった顔は見えないから、私は強がって大きな声で答えた。

「わかってるわよ！」

男の人に抱き締められるのが初めてだなんて、気づかれないように。


息子のヨークより先に粉屋に到着すると、粉屋は「魔法でも使ったのかい」と笑えないジョークを口にした。

怪我は、右手の中指を歯車に挟まれて酷《ひど》い状態だったけれど、まだ動くし、傷を塞ぐこともできそうだった。

骨も、折れてはいるようだけれど砕けてはいない。

不幸中の幸いね。

アルフレドは、外で待っていてと言ったのに、家の中まで入ってきて、私の仕事をじっと見ていた。

傷口を消毒薬で洗い、皮膚を開いて折れた骨をパズルみたいにぴったりと形を合わせてから針と糸で縫う。

痛みを抑えるための痺れ薬と、炎症と化膿《かのう》を抑える薬を塗ってから、硬い木で作った細い棒を指に添わせて固定し、ゴアの葉で包んでから包帯を巻いた。

ゴアの葉は、傷の治りを早くする薬草だ。

「さあ、これでいいわ。暫く動かしてはダメよ。一週間したら、庵の方にいらっしゃい。今夜は熱が出ると思うから、これを煎《せん》じて飲むように」

全てを終えてからおかみさんに煎じ薬を渡すと、彼女はやっとほっとした顔を見せた。

ベッドの傍らには血のついた服や布が置かれている。

水車で怪我をしたと言っていたから、水と共に流れた血は、大量出血に見えただろう。

「大丈夫よ。私が来るほどのものじゃなかったわ。足は無事なんだし次は庵に来させて」

「ありがとう、リディア。支払いは……」

「いつもどおりでいいわ」

私は村の者からはお金を取らないようにしている。

薬師の作る薬はとても高い。村人が普通には買えないくらい。私のはそれよりずっと安いけれど、それでも彼らの生活の中に元々『薬代』というものがないから、突然の出費となって生活を圧迫する。

だから、大抵は品物でもらうことにしていた。

粉屋なら小麦粉、というように。

今はアルフレドがいて、いつもより余計に小麦を使うことになるから、ありがたいわ。

「小麦粉は暫く亭主がこんなじゃ新しく碾《ひ》けないからあまり分けてあげられないんだ。でも、その分うちの庭になった果物とピクルスを一瓶つけるよ。それでいいかい？」

「ピクルス、二瓶にして。今は居候がいるから」

そう言うと、まだベッドに横たわっている粉屋の主人が、今気づいたというようにアルフレドを見た。

「その役者のように綺麗な男かい？」

アルフレドは白いシャツ一枚だったので、さすがに騎士とか貴族という想像はしなかったようだ。

「リディアのダンナかい？」

だからと言ってその想像はいただけないわ。

「弟子よ」

「弟子？」

「暫く私の下で勉強したいんですって。覚えることを覚えたらいなくなるわよ」

「そうなのかい、残念だねえ。こんなハンサムだったらお似合いなのに」

「くだらないことを言ってられるのは薬が効いてる間だけよ。夜にはうんうん唸《うな》るようになるから。そしたら冷やすのよ。直接水で冷やしちゃダメ、冷たい井戸水に浸した布を固く絞って包帯の上から載せる程度にするのよ」

「ああ、わかったよ」

おかみさんが報酬を持って戻ってきたので、私はそれを受け取ると、アルフレドに帰るわよと目で合図した。

彼は、最後まで口を開かなかったが、外へ出ると私がもらった代金の品が入ったカゴを覗《のぞ》きこんで言った。

「貧しい家だった。これはもらい過ぎじゃないのか？」

ホント、何も知らないのね。

「今日彼に使ってあげた薬を作るのに、一ヵ月以上かかるのよ？　安いくらいだわ。薬代が高いと思えば、もう怪我をしないように注意するでしょう」

「なるほど。で、私はいつからお前の弟子になった？」

「不満？　でも王城から来た騎士様だって言われる方が困るんじゃない？　どうしてそんな人が来てるのかとなれば、王様の病気のことを口にしなくちゃならないもの」

「それはダメだ」

「でしょうね。民衆は誰も王様が病気だなんて知らなかったもの」

「秘密にしているんだ」

「王様が病気だと、他国に攻め込まれたり、王位の争いが起こったりするものね」

「陛下の跡継ぎは決まっている」

「それでも心配だからあなたはここにいるんでしょう？　命令ではなく飛び出してきたんだから。ただの忠誠心というより、王に今死なれたら困るってことじゃないの？」

図星なのか、アルフレドは返事をしなかった。

「ついでだから、買い物をして帰るわ。馬がいるから重たいものも買えるし。食べたいものがあるなら自分で買って」

「どうぞ、好きなだけ」

アルフレドは、私のバスケットと今受け取ったばかりの小麦粉などが入ったカゴを馬の背に載せ、一緒に歩いた。

村には店が少ない。

何でも置いてる小間物屋と、宿屋兼酒場兼食料品屋の二つぐらい。

そこに置いてないものは近くの街まで行かなくてはならないのだ。

お金があっても買えるものが少ない。だからお金は必要ない。ドレスや宝石なんか特に無用の長物。あっても身につけて出掛ける先がないのだから。

村の人間は皆顔見知りだから、あか抜けたアルフレドはとても目立つだろう。もしそれが嫌なら、私が与えた『弟子』の肩書で我慢するのね。

というようなことを話しながら宿屋へ向かった。

宿屋では、思ったとおりアルフレドは注目を浴びた。

遠いところから来た薬学に興味のある貴族の召し使いで、暫く私のそばで修行しているのだ、と言うと皆納得した。

そこで彼は干し肉と酒と、パンや焼き菓子まで買った。

やっぱり贅沢《ぜいたく》が染み付いているのね、と思ったらどうやらそれは私のためだったらしい。

「金では受け取らないようだから、これを滞在費にしよう」

と言ったから。

ただ、お酒は自分用らしいけど。

そして帰りにこうも言った。

「弟子、という肩書を本当にしよう」

「本当に？」

「お前の仕事に興味がわいた。暫くリディアの仕事を手伝う。お前が何をしているのかがわからなければ、いいことをしているのか悪いことをしているのかもわからないからな」

ちょっと厭味《いやみ》っぽい言葉だったけれど、こちらを理解しようとする歩み寄りは歓迎だった。

私を魔女呼ばわりして、上から目線でものを言ってたことを考えれば随分な譲歩だわ。

「騎士で食べられなくなったら、薬師になればいいわ。あなたは貴族だから、すぐに資格が取れるわよ」

「そうならないように祈る。私は自分の役割が決まっている人間だからな」

「偉そうに」

「リディアの仕事も、尊敬しよう。先ほどの治療はとても優秀だった。血を見て気絶する貴族の娘達とは大違いだ」

「……気絶してたら怪我が治らないじゃない」

「そうだな」

私の言葉に、彼は声を上げて笑った。

驚いた。

貴族も声を上げて笑うんだわ。

「女性が皆、リディアのように逞《たくま》しかったら、男の出る幕がないな」

「薬師は男も女も関係ないわ」

「かもしれないな」

荷物が増えたので、馬の背は荷物に占領され帰りはずっと歩きだった。

森の小道を進みながら私達は他愛ない話をした。

アルフレドは、王都の薬師の話をしてくれた。

王城には治療院というのがあって、そこでは医師が病気や怪我を診る。薬師は治療院の中の薬室というところに勤めている。

私のように薬も調剤し治療もするという者は少なく、医師の見立てに従って薬を処方する人がほとんどらしい。

街はどうかと訊くと、街でも薬師は治療院に所属しているのがほとんどで、単独で薬師を営業しているのは、よほど著名な薬師か、逆に簡単な薬だけを売るらしい。

私が「王都には医者も薬師もいっぱいいていいわね。一人で全てをやる私が珍しいのではなくて、僻地は医師も薬師も足りないだけよ」、と言うとアルフレドは口を閉ざした。

ちらりと見ると、その表情は険しかった。

何も言わなくてもわかる。

彼は、その事実に気づかなかった自分を恥じているのだわ。

でなければ、医師や薬師が溢《あふ》れている王都と、正式な薬師ではなく、魔女と呼ばれる私が全てに対処しているこの辺りとの落差に悩んでいるのだろう。

どちらにしても、人々の間に格差があることを知り、それを当たり前とはせず、驚いてくれる気持ちがあるのだわ。

薬のことを学びたいと言ったのも嘘ではなかったようで、からかいながらの口調ではあったけれど、彼は色々と私に尋ねた。

「金を得ず、薬の材料はどうやって手に入れているんだ？」

「旅人や、時々来る貴族からはお金を取っているわ」

「村人から金を取らないのは、彼らが貧しいから？」

「それもあるけど、どうせもらったお金で彼らからものを買うなら、品物を受け取った方が楽でしょう？　それに、村人と親しくしておけば、安全だわ」

「安全？」

「これでも女の一人住まいですからね、用心するにこしたことはないわ。村人が、私から何かを奪うより、私を守って自分達が安価に薬を手に入れる方が得だと思えば、私に危害を加えないでしょう？　その上、変な連中が入り込んだらすぐに知らせてくれるし、助けてくれる」

「なるほど。彼らを警護に使っているわけか」

夕飯にはまだ間があったので、荷物を運んでくれたことを労《ねぎら》って、私は彼にお茶を淹れてあげた。

アルフレドは、今まで会った貴族達とは違う。

私を本物の魔女と思って怯《おび》えたり、所詮《しょせん》は小娘と蔑《さげす》んだり、奇妙な存在として扱ったりしない。

態度はちょっと横柄だけど、威張り散らしたりしない。

出会ったばかりなのに、彼の『いいところ』ばかり気づいてしまってまずいわ。

お茶を持って広い部屋へ戻ると、アルフレドは棚の薬瓶を眺めていた。

「薬には触らないで、危険な薬もあるのだから」

「危険？　まさか毒薬も？」

「あるわよ」

答えると、彼は上の棚の瓶を手に取った。

「これもか？」

危険な薬は手の届かない上の方に置いておいたのに、彼は背が高いからやすやすと手に取ってしまう。

「それは眠り薬よ。飲んだら丸一日は眠ってるわね」

「こっちは？」

「惚《ほ》れ薬《ぐすり》よ。あなたみたいなハンサムには必要のない薬。さあ、もうそこから離れて」

惚れ薬は言い過ぎだったわね。でもあれが媚薬《びやく》だとはなかなか口にし難《にく》い。

私もまだ使ったことはないけれど、以前、子供が欲しい夫婦のためにエレーナが作ったものだ。

「これは？」

「アルフレド、薬は危険なものだと言ってるでしょう。もうそこから離れて」

怒ってみせると、ようやく彼は棚から離れてテーブルに戻ってきた。

「治療には必要のない薬まで作るのか？　危険な薬を揃《そろ》えるから魔女と呼ばれるんじゃないのか？」

「薬は使い方があるのよ。危険なものでも使わなくちゃならないわ」

「たとえば？」

「あなたが最後に訊いた薬は痺れ薬。感覚がなくなって動けなくなってしまうの。でも少量ならば痛み止めとして使えるのよ。今日治療の時にも使ったわ。感覚が麻痺《まひ》して、傷口の痛みも感じなくなるの」

「眠り薬や惚れ薬も必要なのか？」

「そうよ。薬に善悪はないわ。あるのは作用だけ。その作用をどういう目的に使うかは、人の気持ちよ。疲れて眠れなくなった人には眠り薬は必要だけれど、盗みに入る人間が家人に飲ませれば泥棒の道具。そういうことね」

「深いな」

ほら、彼はちゃんと私の言葉を聞いてくれる。

詭弁《きべん》だとか、適当だとか言わない。

だから彼と話すのが楽しいのだわ。

「薬の材料をどうやって調達するかと訊いたわね？　明日は一緒にそれを採りに行きましょう。男手が欲しいと思っていたところだから」

「近くの街へ行くのか？」

「森の中よ」

「森？」

「そう。そこでたっぷり教えてあげるわ」

彼が知らないことの多いのも、話していて楽しかった。

彼を驚かせたり、興味を引けたりすることが。

「お茶を飲んだら片付けをして、それから夕食を作るわ。その間好きにしてていいけど、私の見ていないところで薬には触れないで。死んでしまう毒薬だってあるのよ」

「それは何に使うんだ？」

「気に入らない人間を片付けるため」

「……物騒だ」

彼の驚く顔は、ちょっと好きだから。

「嘘よ、病気の家畜の殺処分なんかよ。人には使わないわ」

会話をして笑う、ということが楽しいと思わせてくれるから。


翌日は、朝から二人で一緒に森へ入った。

誰かと薬草を採りに森へ入るのは久々。

暗い木陰の物音に怯えることなく、陽《ひ》の光を楽しんで歩くことができるのは、アルフレドがいるからだ。

彼は、子供のように色々と私に尋ねた。

きっと元来勉強家なのだろう。

自分の知識を惜しむつもりがなかったので、その一つ一つに答えてあげると、彼はそのたびに驚いてくれた。

薬草の知識が王都で失われていることを嘆き、自分が覚えたことを都の薬師に教えたいとも言っていた。

「いいけど、薬草の見分けをつけるのは机に齧《かじ》り付《つ》いていてはできないわよ」

「それじゃ、誰かをお前の弟子に寄越《よこ》すかな」

「俺は狭いわ。誰かを送り込むならあなたは帰ってもらわないと」

「それは嫌だな。まだ私がお前と一緒にいたい」

他愛のない言葉に、心が動く。

それはあなたも私を気に入ってくれてるってこと？

それとも、まだ自分が勉強したいと言ってるだけ？

アルフレドの気持ちが気になるのは、自分が彼を気にしているからだ。

でも私はよくわかっていた。

彼はすぐにいなくなる人だということを。王都の貴族の騎士が、片田舎の魔女とずっと一緒にいてくれるわけがないことを。

だから、都合よく解釈できる言葉も、『きちんと』無視して受け流した。

トンガリウリを採るために、崖を降りて行こうとすると、アルフレドは代わりに崖を降りてくれた。

ココヅタの葉を採るために木に登ろうとすると、私を押しのけて木に登ってくれた。

「いつもこんなことをしてるのか？　女なのに？」

「魔女ですからね。普通の女の人のしないことをするのよ」

その行為を優しいと感激しながらも、タダで置いてあげてるんだから手伝ってもらうのは当然のことよ、と言い聞かせる。

小川の流れに疲れた足を浸して一休みしている時に、じっと見つめられて。

「綺麗な足だ」

と言われても顔を紅くしたりなんかしない。

「お世辞ね。山歩きであちこち痣《あざ》がある足が綺麗なわけないでしょう。あなたもブーツを脱いだら？　足が臭くなるわよ」

と冷たく言い放つ。

「一生懸命働いている足は綺麗さ。ダンスしか踊ったことのない足より魅力的だ」

と言われても、口が上手《うま》いだけだとそっぽを向く。

ここいらでは、男性が女性を褒めることはないし、そんなことをするのは下心がある時だと決まっている。

自分の顔が、悪くはないことは自覚していた。

珍しい黒髪が興味を引くことも。

でもそれに反応したら、『女』扱いされて、いい目をみないのだと教えられていた。

だから、ちょっとその気になっても、冷たくするのが正解なのだ。

それに聞いたことがあるもの。

貴族の男性は、呼吸をするように女性を褒めるものだって。

彼がどんな褒め言葉を口にしても、それが習慣なんだわ。

「この後はキノコを採りに行くわよ」

「まだ働くのか？」

「当然でしょう。まだ陽は高いのよ。太陽が空にあるうちは働くものよ」

「お前は本当に働き者だな」

労働を褒められるなんて、エレーナが亡くなって以来。村の人は、私が働いているところを見たことなどないから、褒めてくれることもないのだもの。

「貴族が働かないだけよ」

憎まれ口を叩《たた》く私に、気分を害したりせず、彼もまたこの軽口の応酬を楽しんでいるようにも見える。

そんなところも素敵。

わかってる。

全部わかってるのよ。

自分と彼の立場も関係も。

彼にその気がないことも。

それでも、エレーナが亡くなってから一人でいることに慣れてしまった私には、アルフレドの存在は特別。

こんなに素敵な男性がそばにいることに免疫がない私には、彼がそばにいると忘れていた乙女心が動いてしまうのは仕方のないことなのよ。

失敗したわ。

彼の滞在を許した時には、どんなに素敵な殿方であっても、すぐに貴族の嫌な部分が見えてくるに決まってる。

粗末なベッドと粗末な食事に、彼の方から逃げ出してゆくに決まっていると思っていたのに。

「リディア、この紅いキノコも何かの役に立つんじゃないのか？」

なんて、子供みたいに目を輝かせてキノコ採りを手伝ってくれる貴族だなんて、思いもしなかった。

「それはマダラ馬タケと言うのよ」

「馬が食べるのか？」

「馬でも動けなくなる毒キノコ。でも、薬には役に立つわ」

森では、人の本性が見える。

汚いだの危ないだのと文句を言ったり、疲れたから帰りたいとグズグズ言い出したり、人の悪いところを見せてくれる。

でも彼はそんなことは言わなかった。

子供の目をして森を楽しみ、私に代わって仕事をしてくれる。

ああ、どうしてこんなにいい男なの。

「カゴがいっぱいになったら、お昼にしましょう。さっきの小川まで戻って、小川の水でお茶を淹れるわ」

「それならさっさといっぱいにしよう。腹が減ってきた」

ほら、この笑顔が嫌。

「あなたがいっぱい食べるから、お弁当が重かったわ」

だからその笑顔を見ないで済むように、キノコを探すフリして、視線を地面へ向けた。

これ以上、彼に魅了されたくなかったから。


その翌日、街道筋のクレイおじさんがやってきた。

ついに恐れていた日がやってきたことを伝えに。

「女房の咳《せき》が止まらないんだ。薬をくれるかい？」

風邪だ。

「おじさんのとこだけ？　近所で同じ症状の出てる人はいる？」

「宿屋に病人が泊まったとは聞いたな。きっとそいつから感染《うつ》ったんだ」

やっぱり。

この辺で流行《はや》るにはまだ時期が早いもの。

一昨年がそうだった。

もっと北の方からやってきた旅人が、風邪を置いていったのだ。

「おばさんは別の部屋に寝かせるようにして、子供達を近づけないで。今、薬を出すから、それを飲んで楽になるかどうか、明日報告にきて頂戴《ちょうだい》」

「子供の使いでもいいかい？」

「いいわ。もし薬が効かなかったら、別のを出すから」

他所《よそ》の土地から持ち込まれた病は、ここで流行るものと違う場合がある。去年と同じ薬で効かなかったら、一昨年のを出してみないといけないし、それもダメだったら、新しいのを作らないと。

「今煎じ薬を出すから、おじさんはそれを飲んで行って」

「俺は病気じゃねえよ」

「病気にならないための薬よ」

待合の椅子におじさんを座らせてキッチンへ向かうと、アルフレドが追いかけるように入ってきた。

「病気にならないための薬なんてあるのか？」

「完全じゃないけど、風邪にかかりにくくなるものよ。身体を温めて、強くしてくれる作用があるの」

私は大きな瓶に溜《た》めておいた乾燥した薬草を、水を入れた鍋《なべ》に一つまみほうり込んだ。

「アルフレド、そこの棚にある麻袋を取って」

「麻袋?」

「小さな、手のひらぐらいのが積んであるでしょう?」

「これか」

「ええ、それにこの葉っぱを詰めて、口を麻ヒモで結んで。急いでよ」

「小分けにするのか。売りに行くのか?」

「こんなもの売ったりしないわ。風邪が流行らないように、村のみんなに配ってもらうのよ」

「病人が出た方が、お前は儲《もう》かるだろう」

その言葉に、私は彼を睨《にら》みつけた。

「村のみんなが倒れていいことなんて一つもないのよ。病人が出ないようにするのが私の務めなの」

「……失言だ」

反省するのが彼らしい。

「口より先に手を動かして」

お茶を淹れながら、私はおかみさん用の薬を取り出して瓶に分け、クレイおじさんに渡した。

「飲み方は今書いて渡すわ。それから、予防のお茶を渡すから、村のみんなに配って頂戴。いつも配ってるやつだから、飲み方はわかるわね？」

「水から煮出す、辛いやつかい？」

「ええ、そうよ。他にも誰か風邪になったら、その人は出歩かないで、薬は別の人が取りにくるように言って」

「ああ、わかってる。あとは、うがいと手洗いだろ？」

その言葉に、私は微笑んだ。

エレーナが村の人達に言ってきかせたことを、ちゃんと覚えてくれてる。彼女が頑張ったことが無駄ではなかった証《あか》しだ。

アルフレドの袋詰めを手伝い、お茶を作っておじさんと、私と、アルフレドの三人で飲み、詰め終わった薬草をおじさんに渡して送り出すと、そこからが忙しかった。

まだ薬にしていなかった薬草を薬にしなくてはならないからだ。

いつもなら、最初の患者が出るのはもう少し寒くなってからだと思っていた。

早くても半月、遅ければ一ヵ月は後だろうと。

だからそれまでに必要な分の薬を作ればいいと思っていた。

でもう最初の一人が出てしまった。

風邪は、一人かかると次々と伝染してゆく。しかも、子供や老人と大人の男女では症状が違う場合がある。

ここでいつも流行る風邪か、外から持ち込まれたものかで薬が違うから、それらの人々を一々診て回らなければならない。

そうなってからでは忙し過ぎて薬を作る暇がなくなるだろう。

「アルフレド、悪いけど今日は馬屋の修理でもしていて。私はあなたの相手をしてる暇がないの」

私はすぐに立ち上がり、薬棚へ向かった。

「何をするんだ？」

「薬を作るのよ」

「手伝おう」

言葉はありがたかったけれど、私は首を振った。

「あなたにはできないわ。調合はとても微妙なのよ。足りない薬草を採りに行くにしても、あなたじゃまだ見分けもつかないでしょう？」

「私は無能というわけか」

「そうは言わないけど、できることとできないことがあるわ」

「ではリディア、一つ約束してくれ」

そう言うと、彼は、突然私の背後から私の肩を摑んで振り向かせた。

青い瞳が間近で私を見つめる。

「私にできることを思いついたら、すぐに言ってくれ。お前がよく働くのはもうわかった。今までは一人で全てをやっていたのだろう。だが今は私がいる。こきつかってくれてもかまわない」

近過ぎるわ。

こんなに近くては、冷たい素振りで流すことなんてできない。

「……わかったわ。約束するわ」

「よし」

仕方なく頷《うなず》くと、彼はにっこりと笑って私の額に口づけた。

「……な、何するの！」

「額にキスしただけだ。そう驚くことじゃないだろう？」

あなたはそうかもしれないけど、私は初めて男の人にキスされたのよ？

それが額でも唇でも、初めてのことなのよ。

「か……、嚙《か》み付《つ》かれるかと思ったわ。脅かさないで」

「私は女性に嚙み付いたりしない」

私が慌てているのに、彼は顔色一つ変えずに私を見つめていた。

「お前は……」

「とにかく、私が薬瓶のそばにいる時は、突然の行動はしないで。ああ、いけない。部屋から取ってくるものがあったわ」

言い訳しながら、するりと彼から逃れる。

これ以上そばにいると、激しくなった心臓の音が聞こえてしまうのではないかしら。そうでなくとも、顔が紅くなっているかも。

「呼ぶまで好きにしていて」

私はそう言い捨てて階段を駆け上った。

二階の自分の部屋へ入って扉を閉め、ペタリと床に座り込む。

「あんなの、子供にするようなキスよ。おかみさん連中がいつも自分の子供達にしてるのを見てるじゃない」

でも彼は私の親ではない。

立派な男性だ。

「きっといつも周りの女の子達にしてるのね。手慣れたもんだわ」

でも私は初めてだった。

彼を『男性』と意識しないように気を付けていたのに。

むず痒《がゆ》く芽生える彼への好意に気づかないフリをしていたのに。

全てを無駄にしてしまうキスだった。

額が熱い。

触れた、柔らかな唇の感触が消えない。

摑まれた肩にも、まだ彼の手を感じる。

どんなに強がりを口にしても、あのささやかなキスは、私を危険な方向へ押し出した。

彼を好きになってしまう、という危険な方へ……。


彼に心を揺らしてしまった後で、どんな顔をすればいいのか。

幸いにも忙しさがその悩みを打ち消してくれた。

顔の火照りがおさまってから階下へ降りると、アルフレドの姿はなく、遠く金づちの音が聞こえ、彼が外に出て行ったことを教えてくれた。

アルフレドがいないのなら、私は自分のするべきことをすればいいだけ。

風邪薬の材料を取り出し、細かく砕いたり、煮詰めてエキスを抽出したり、調合したりと、しなければならないことはいっぱいあるのだ。

その間にシチューを作り、彼には勝手に食べるように伝えた。

私は暇ができた時に適当に食べるから、と。

まずは、二種類の風邪薬を作らなくては。

それと並行して、栄養剤もね。

疲れた身体は病気になりやすいもの。

予防の薬湯用の薬草も、また作り置きしておかなくちゃ。それは庵のすぐ横に作った薬草園で育てているものだから、簡単に補充できるだろう。

アルフレドが、ずっと馬小屋の修復をしてくれていればよかったのに、器用な彼はたった一日で全てを終えてしまった。

そうなると、もう彼にすることはない。

気が付くと、彼は棚に寄りかかるようにして背後からずっと、私を見ていた。

私が何をするのか興味があるのだろう。薬草のことを学びたいと言っていたし。

でも、彼の視線を受けていると集中ができなくて困ってしまった。

弟子にしてもいいと言ってしまった以上、見るなとも言えない。

そんなに熱心に見なくてもいいのに。村の方へ遊びに行ってもいいのに。

あなたにはここでじっとしていることなんて、退屈でしょう?

そんなにじっと見ていられると、私の作業を見つめているのではなく、『私』を見ているんじゃないかと誤解してしまいそうだわ。

時々、薬をもらいに村の人が来ると、与えた部屋に引っ込んでくれたが、本当にそれ以外はずっと私の後ろにいた。

その視線に耐えられなくなった時、私は彼に仕事を与えることにした。

「アルフレド、今から薬湯用の薬草を教えるから、それを作ってくれる？」

調合に一息つけて、私は彼を庵の裏にある薬草園に連れて行った。

プリムラの馬小屋の前だ。

「この畝の、この裏が赤い葉を採って集めて。葉だけを採るのよ、茎は折らないで。それからこっちはなってる小さな実を採って。色が黒っぽくなってるものだけね。青いのは採っちゃダメよ」

「わかった。任せてくれ」

騎士である私に草を摘むなんて仕事をさせるのか、と言わないんだから嫌いになれない。ここで怒ってくれれば、夢破れてくれるのに。

「それぞれ別のカゴに入れて。葉の方はその後広げてここに干すのよ。カサカサになるまで乾かしたらそれを細かく砕くの。そこまでできる？」

「簡単なことだろう。……面倒そうではあるが」

「正直ね。ええ、面倒よ。でもお願い」

「美しい女性に『お願い』と言われて断る騎士はいないだろうな」

言うことは貴族っぽいけど、シャツの袖《そで》をめくり、すぐに動き出すところは貴族らしくない。

私は偏見を持っていたのかしら。貴族なんて働かないし、人の頼みをきかない人ばかりだと思っていたのに。

それとも、やっぱり彼が特別なの？

そうして彼を庵から追い出して、やっと私は落ち着いて自分の仕事に集中することができた。

でもそうなると、彼が後ろで見ていないことを寂しいと感じてしまうのだから始末が悪い。

いつか、私はまたここで一人になるのよ。

彼がいることに慣れてはだめ。

これはいい機会だわ。

私はずっと一生ここで一人で暮らすつもりなのだから、ちゃんと孤独に慣れないと。

そうね、とても寂しいと思うようになったら、エレーナが私にしてくれたように、どこかから子供を引き取って弟子にするのもいいわ。

……一人で暮らすことは気楽だと思っていたのに、それを孤独と言い出すなんて。

やっぱりアルフレドは危険だわ。

私を魔女から、ただの娘に戻してしまう。

本当に危険。

でも、本当の危険は、もっと身近に迫っていた。


私は私で仕事をし、アルフレドは薬草園で働く。

日中にはポツポツと来客がある。

風邪の患者はまだ少ないが、それ以外にも病気や怪我はあるのだ。年寄りの腰痛だのリウマチだの、子供の発熱だの、いつもの依頼が。

冬になると、薬草となる植物の大半が枯れてしまうので、その前に作っておかなければならないものもある。

緊急に風邪薬を作り置きしなければならないという負担は、アルフレドが手伝ってくれていることでいくらか軽減されていたが、それでもゆっくり休む暇などない。

心が揺れている私にとって、その忙しさはありがたかった。

彼を意識しないで済むから。

その日も、朝食を終えてから彼は裏手の薬草園に行き、私は部屋で薬を作っていた。

何とか村人全員分の風邪薬のストックができそうだと、作業にメドがついたことにホッとしていると、ドアを叩く音がした。

さて、今日は誰が何の用で来たのかしら？

「はい、どうぞ」

いずれにしても、村の人間の誰かだろうと思って入るように促す。

すると、ドアは乱暴に開いて、男が三人入ってきた。

先頭に立っているのは、王都からの使者としてきた役人だった。だが、背後に控えているのはこの間一緒に来た兵士ではない。

「あら、役人さん。今日は何の御用？」

アルフレドのように、薬の出来具合でも確認にきたのかしら？

それにしては三人とも服装がラフだわ。

「へえ、本当だ。こんなとこに置いとくにゃもったいない美人だな」

後ろにいた一人が下卑た笑みを浮かべながら言った。

その言葉を聞いて、私は彼らの目的を察した。

「王城からの使いにしては、随分下種なお友達を連れておいでね」

「今日は使いとして来たわけじゃないんだよ。あんたみたいな美人がたった一人でこんな森の奥に住んでるのは物騒だって、教えてやりにきたんだ」

使者だった男は私に近づいてきた。

つまり、この間私が一人暮らしだということを知って、悪さをしようと仲間を連れてやってきた、ということね。

「ご心配ありがとう。でも気にしていただくほどのことはないわ。今まで危険な目にあったこともなく、平穏に暮らしてきたのはどうしてだと思う?」

私はスカートのポケットの中にそっと手を入れた。

そこには、アルフレドと同居した時からずっと入れている痺れ薬が入っている。

アルフレドに使うことはなかったけれど、こんなことで役に立つとは。

痺れ薬が入った布袋をぎゅっと握りしめ、凄《すご》むように微笑む。

「私が魔女だからよ」

王都の人間は、まだ私を魔女という認識を持っているのか、背後の二人は一瞬ビクッと身を引いた。

けれど使者の男は、一旦《いったん》身体を硬くしながらも、再び笑みを浮かべた。

「お前は魔女じゃないと、村の連中は言ってたぞ。魔女は先代だってな」

エレーナだって魔女じゃないわ。

「お前は子供の頃、ここに来たって、ばあさんが教えてくれたよ。都からの使者が魔女退治に来たとでも思ったんだろうな」

「本物の魔女は周囲に正体を知られないものよ」

こういう相手には、怯えたところを見せてはいけない。相手が自分より下だと思うと、態度が大きくなるものなのだ。

魔女と言われることを否定しないでいるのはこのためもある。

「私に害をなそうとすれば、災いがふりかかるでしょうね」

「言うだけ言ってな。もし魔女だとしたって、男三人に勝てるもんか」

言うが早いか、男は私に向かって一歩踏み出した。

今だわ。

私は握りしめていた痺れ薬を男に向かって投げ付けた。

布袋は男に当たって開き、細かな粉を撒《ま》き散《ち》らす。

「う……っ！　何しやがる！」

自分は口を押さえて後ろへ下がった。

吸い込めば、すぐに手足が痺れてくるはずよ。

確かに、投げ付けた男はすぐに膝《ひざ》をついた。

けれど、少し離れて立っていた残りの二人は、私が口元を押さえたのを見て、同じように自分達の口を押さえてしまった。

そのせいで、薬を吸い込まなかった。

まずいわ。

「おい、しっかりしろ」

彼らが膝をついた仲間に声をかけている間に、私は壁の薬棚に手を伸ばした。

痺れ薬は一つしか持っていなかった。それが失敗したからには、何か別のものを探さなくては。

けれど、武器になりそうな危険な薬は、簡単に手の届かない高い場所へ置いてある。一瞬悩んだが、ここには薬以外武器になるものはない。

私は背を向け、高い棚に手を伸ばした。

「こいつ！」

何とか眠り薬の入っている瓶に手が届いたと思った時、背後から男が私の肩を掴んで引っ張った。

「……あっ！」

掴み損ねた瓶が床に落ちる。

男はその瓶を、私の手の届かないところへ蹴《け》り飛《と》ばした。

「放しなさい！」

肩を掴んだ手が、長い私の髪を掴む。

「へっ、偉そうに。たかが小娘のくせに」

「私に王様の薬を作らせたいんじゃないの？」

「そんなもん、俺達には関係ねえよ。王様が死んだって跡継ぎがいる。お前が薬を作れなくて罰せられても、俺達は痛《いた》くも痒くもない」

「何だったら、このままどっかへ売っぱらってもいいんだぜ。お前は薬ができなくて逃げたと思われるだけだろうからな」

王城の使者が、とんだ友人を持ったものだわ。

いいえ、王城からの使者はあの時の兵士達だけで、床に転がっている男は書簡を受け渡すだけの地方役人だったのかも。

でも今は彼らの正体を考えている余裕はなかった。

男は、背後から私の髪を引っ張ったまま床に引き倒した。

「痛っ」

倒れても尚《なお》逃げようとする私のスカートの裾《すそ》を踏んで、逃げられないようにする。

「おとなしくしな」

凄まれて、初めて恐怖を感じた。

もう、抗《あらが》う手立てはない。武器になるものもない。三人のうちの一人は倒れているけれど、残りの二人は無傷だし、私が薬を使って倒したことで、魔法を使う魔女だという脅しもきかなくなってしまっただろう。

こんな男達に蹂躙《じゅうりん》される?

そんなの、絶対嫌。

もしそんなことになるなら相手はこんな男じゃなく……。

「ほら、どうした。もうおしまいか?」

「そんなら楽しませてもらおうか」

「仲間をこんな目にあわせたんだ、お前も足腰立たないくらいやってやんなきゃな」

仲間と言ったくせに、まだ蹲《うずくま》ったままでいる使者だった男のことはもう見向きもしない。死んでないならいいというのか、もう興味がないのか。

にやにやと笑う男達の顔が、悪魔のように見えた。

「やめて!」

手が、服の胸元を掴む。

「きゃあ……っ!」

布の裂ける嫌な音。

ずっと虚勢を張っていたのに、声が上がってしまう。

「黒髪の女なんて、珍しい」

破れた布の裂け目を掻《か》き合《あ》わせ、何とか胸元を隠そうとする私に、再び手が伸びる。

前を押さえている手を掴まれたら、その手を引っ張られたら、もう隠すことはできない。男達にあられもない姿を見られてしまう。

嫌。

絶対に嫌。

「アル……！」

その名を呼ぼうとした時、倒れた私の横を何かが駆け抜けた。

大きな白い獣のように重心を低く保ちながら、ものすごい速さで男達に向かってゆく。

キラリと、牙《きば》が光った。

いいえ、あれは牙ではない。

今のは、獣でもない。

剣を携えたアルフレドだった。

「ぐわっ」

「ぎゃっ！」

男達のしゃがれた声が響く。

白いシャツの背中がすっくと立ち上がった時には、もうすでに二人の男は彼の牙ならぬ剣の前に倒れていた。

闘気とでも言えばいいのか、彼の身体に青白い炎が揺らめいて見える。

彼は、騎士なのだ。剣を振るい、人を斬《き》る者なのだと初めて実感した。

「リディア」

振り向いたアルフレドが私を見た。

青い瞳は冷たく、怒りに満ちているようだった。

見たこともない顔だわ。すぐにいつもの表情に戻ってしまったけれど、心が震えるような勇ましい顔つきだった。

「大丈夫か？」

来てくれた……。

呼ぶ前に来てくれた。

「リディア？　どうした、腰でも抜かしたか？」

青い瞳が、笑いながら手を差し出す。

私がその手を摑むことなくじっとしていると、その笑みは消え、跪《ひざまず》いて私を抱いた。

「何故私を呼ばなかった。呼べばすぐ助けにきてやったのに」

そっと背中に腕が回される。

私は子供のように彼にしがみつき、そのシャツをぎゅっと握りしめた。

「もう大丈夫だ」

声が出ない。

怖いからじゃない、もう恐怖を与えた男達は皆うめきながら床に転がっている。

ただ、声を出したら泣いてしまいそうだったからだ。

泣いてはダメ。

一人で生きていくのだもの、怖かったなんて言ってはダメ。

アルフレドにはわかってしまっただろうか？　私が必死に泣くのを堪《こら》えているのが。

彼はもう何も言わず私の背中を優しく叩いた。

「大丈夫だ」

と繰り返しながら。

そして私を抱き上げると、彼に与えたエレーナの寝室へ私を運び込んだ。

ベッドの上にそっと降ろし、顔を覗きこむ。

「あの連中を役人に突き出してくる。留守番ができるか？　怖ければ扉の前に物を置いて開かないようにしておけ」

「……平気よ。ちょっと驚いただけよ」

ようやく声を出しても涙が零《こぼ》れない程度に落ち着いてきたから、彼から身体を離して私は言った。

「強がらなくていい」

「強がってなんかいないわ」

「そんな目にあわされれば、女性なら怖がって当然だ」

言いながら、彼は自分の着ていたシャツを脱いで私に掛けた。

「魅力的な姿だが、目の毒だ。戻ってくるまでに着替えておけ」

言われて、自分の襟元が大きく裂けていることを思い出した。

「何見てるのよ！」

肩に掛けられたシャツの前を掻き合わせ、恥ずかしさから声を荒らげる。

「それくらい元気があれば大丈夫そうだな」

彼は優しく笑って、私の頬《ほお》に口づけた。

「アルフレド！」

恥じらいを隠す余裕もなく、私は顔を熱くした。

「この状態で礼儀正しくするんだ。これくらいの余禄《よろく》があってもいいだろう？」

そしてもう一度私を抱き締めたが、その腕はとても優しかった。

「暗くなるまでに戻る」

声は真剣だった。

彼は、本当に私を心配してくれているのだ。

それがわかると、堪えていた涙がまた溢れそうになった。

転んだ子供が、親に『痛かったでしょう？』と言われてから泣き出すみたいに、自分が傷ついていることを、優しく気遣われて初めて気づかされる。

アルフレドは、ここへ来た時に着ていた服に着替えると、剣帯をつけて剣を下げ、部屋から出て行った。

扉を閉める前にもう一度振り向いて、私に優しく微笑んでから。

閉じた扉の向こうから彼の声が聞こえる。「立て」とか、「静かにしていろ」とか、男達に向けての声が。

アルフレド……。

怖かった。

とても怖かった。

彼がいてくれなかったら、どうなっていたか。

優しく抱き締めてくれた彼の腕、頬に触れた唇。その感触が私に安堵《あんど》を与えてくれた。

彼の温《ぬく》もりの残るシャツに包まれ、堪えていた涙が溢れた。

今まで、ずっと一人だったから、誰かに助けを求めるなんて考えなかった。アルフレドのことが頭を掠《かす》めた時も、面倒事にかかわるわけがないと思った。

だって彼は貴族だもの。

私のような者のために、剣を抜いたり戦ったりするはずがないと思った。だから、声を上げれば届く場所にいる彼を呼べなかった。

呼んで、来てくれなかったらショックだから。

なのに彼は来てくれた。

呼ばないのに来て、賊を倒してくれた。

私を抱き締め、大丈夫だと慰めてくれた。

美しい獣のように飛び込んできた彼の姿を、私はきっと一生忘れないだろう。

私のためではなかったかもしれない、ただ公正な彼が非道な彼らに怒りを覚えただけかもしれない。

でも、私には、私を守るために飛び込んできてくれたように思えた。

それだけで、心が震えた。

彼に恋をしても、どうにもならないのはわかっている。それは何度も自分に言い聞かせてきた。

けれど好きになるのは自由でしょう？

私の心は自由でしょう？

「アルフレド……」

もう一度その名を口にして、羽織っている彼のシャツに頬を寄せる。

どうせ一生一人で暮らすつもりだったのだもの、夢の中の王子様を一人くらい心に描いてもいいじゃない。

この気持ちを悟られなければ。

決してこの想《おも》いを口にしなければ……。

「好き……」


俺に物音が一つもしなくなってから、私は彼の部屋を出て自分の部屋へ駆け込んだ。

破れた服を脱ぎ、新しい服に着替えるために。

いつもと同じにしていよう。

彼が戻ってきても、平気な顔をしていよう。

少しは感謝の気持ちを示してもいいけれど。

彼が貸してくれたシャツを洗い、新しく染めたいいシャツを取り出した。

彼の瞳と同じ青いシャツだ。

感謝の意味としてこれをあげるくらいはいいわよね。

夕飯も、少し豪華なものを作って彼を待った。

日が暮れるまでに戻ると言った言葉どおり、彼は夕暮れ前に戻ってきた。

「役人に突き出してきた。一人は動くこともできないようだったが、何をしたんだ？」

「痺れ薬を投げたのよ」

「そいつはすごい」

「だって、魔女だもの」

うん、大丈夫。

いつもどおりにできるわ。

アルフレドが上着を脱ぎ、来客用の椅子に座る。

私は彼のためにお茶を淹れた。

特別なことじゃないわ。お茶ぐらい今までだって淹れてるもの。それに、役人のいるところまでは遠いから、彼も疲れてるみたいだし。

「助かったわ、ありがとう」

カップをテーブルに置くと、彼はすぐに手を伸ばして一気に飲み干した。

やっぱり疲れてるのね。

「私を呼べばよかったのに」

「忘れてたのよ、あなたの存在なんて」

本当のことは言わない。

頼って無視されるのが怖かった、なんて。それじゃあそこまでしてくれた彼を疑っていたみたいで失礼だもの。

「やはり女の一人暮らしは危険だな」

「あら、そんなことないわ。あれは特殊な例よ。普段私を訪ねるのは、私を頼ってくる人達だもの、私に危害を加えたりしないわ。彼らは王城の使いであって、彼らが私の薬を欲しいわけじゃないからあんな真似《まね》をしたのよ」

「王の薬を頼んでいたんだろう?」

「それは私も言ったわ。そしたら、王がいなくなっても自分達には関係ないし、私が薬を作らなくて罰せられても関係ないんですって」

アルフレドは不快そうに顔を歪《ゆが》めた。

「役人でありながら王の命をないがしろにするとは。本当に下種だな」

「そうね。人の命を軽く語る者は、自分の命も軽くすると思うわ」

そこで会話が途切れる。

沈黙は重たいから、何か話そうと、必死に話題を探す。

何を言えばいいかしら?

「もっとお茶を飲む?」

「いや、もういい」

「少し早いけれど、夕食にする?」

「いや、まだいい」

もう少し反応してよ。

それとも、怒ってるの？

「そうだわ。お礼をしたいと思っていたの、ちょっと待って」

思い出して、私は奥へ行き、用意していた青いシャツを彼に渡した。

「これ、お礼よ」

「綺麗な青だな。染めてある、ということは売り物か？」

「ええ。でも代金はいらないわよ。お礼なんだから」

アルフレドはシャツを受け取り、ようやく笑顔を見せた。

「ありがとう。ではありがたくいただこう」

でもまた沈黙。

仕方なく、私はまた薬を作る作業を始めることにした。

薬草を取ってきて、自分の作業台に向かう。

すると彼が声をかけてきた。

「何を作ってるんだ？」

「風邪薬よ。もうそろそろ村人全員の分を作り終えるわ」

「全員に頼まれたわけではないのに、全員の分を作るのか？」

「当然でしょう。頼まれてから作るんじゃ間に合わないし、途中で足りなくなったら不満が出るわ」

「それが終わったら何をするんだ？」

「栄養剤を作るわ。それから、そろそろ足りなくなってきた薬を幾つか」

「王の薬は？　いつ作り始めるんだ？」

「作らないわよ」

「何故？」

彼の声は明らかにムッとしていた。

それはまあそうでしょうね。

私は作業台から彼を振り向いた。

「王様の薬は作らないわ。というか、作れないわ」

アルフレドは不満そうな顔をした。

「病人の命を大切にするお前のことだ、王だから作らないというわけではないだろう。お前に王の病は治せない、ということか？」

「今のままならね」

「どういうことだ？」

私はふっとため息をついた。

「あのねぇ、病人の病状もわからないのに、どうやって薬を作れって言うの？　王城から来た書簡に書かれていたのは、王様の病気を治せっていう言葉だけよ。王様がどんな状態なのか、全然書いてないの。熱があれば熱冷まし、痛みがあるなら痛み止めを処方するでしょう。でも、今どんな状態かわからないのに与える薬はないわ。わけもわからないまま薬を与えたら、それが毒になるかもしれないのよ?」

アルフレドは驚いた顔をした。

「何も書いていない?」

知らなかったのかしら?

「王様がどんな状態なのか、外に出したくないのはわかるわ。でも病状がわからなければ、薬は作れないのよ」

「では王の病状がわかれば作れるのか?」

「私が王様を診ることができればいいんだけど」

「お前を王城へ連れて行けと言うのか?」

「この時期にここを離れることはできないわ。それに、私のように得体の知れない魔女を王城に招くなんてできないでしょう?」

アルフレドは返事をしなかったが、沈黙は肯定だ。

来た最初の頃、彼は私を魔女か、魔女だと名乗るあやしげな女だと思っていた。王家には呪い師を重用した過去があるからだろう、そんなあやしげな女が作る薬を見張るために来たのだと。

つまり、王城にとって私は王家の人間に一番近づけたくないタイプの人間だ。

しかも貴族でもなく、この国の人間でもない。

王城に足を踏み入れさせるわけがない。

「私には陛下の薬は作れないわ。そもそも、王都に山のように立派な薬師がいるのだもの、私が作らなくても何とかなるでしょう」

「王城の薬師は匙《さじ》を投げた。原因がわからない、と」

「お偉い薬師ができないことを、何故私にさせようとしたのかしらね?」

「お前がデリーヌ伯爵の病を治したからだ」

ああ、そんなことを言ってたわね。

「デリーヌ伯爵は酷い喘息《ぜんそく》で、この村を通りかかった時にもその発作に襲われた。だが蒼の森の魔女という女性にそれを治してもらったと城で話したのだ。自分の領地や王都の薬師は症状を抑えることしかできなかったのに、お前の与えた薬で全快した、あれは魔法のようだった、と」

「魔法なんかじゃないわ」

「わかっている。お前の豊富な知識で作った薬のお陰だろう。だが王城では全ての方法を失った時、伯爵のその話に飛びついたのだ。魔法でもいい、可能性があるのなら頼ってみようと」

「でもあなたは嘘臭いと思ってるんでしょう？」

「思って『いた』だな。今ではリディアがよい薬を作ることを否定はしない。お前は他人のために懸命になる女性だ。大きな報酬があるわけでもないのに、今もそうして使うかどうかわからない薬を作っている」

「さっきも言ったけど、使うとなってから作ったんじゃ間に合わないのよ」

「だが王城の薬師はそうではない。作って欲しいと頼まれてからもったいぶって作り始める。むしろ、在庫など少し少なくして、もったいをつけようとしてるんじゃないかと思うくらいだ。お前は立派な薬師だ」

褒められて、背中がむず痒くなった。

私を見る彼の視線は、お世辞や嘘とは思えないものだったから。

彼は、本当に私を認めてくれているんだわ。

「デリーヌ伯爵の時は診察したのか？」

「あのお髭の貴族の方は、馬車で村を通りがかった時、酷い咳で宿屋に運ばれてきたの。それで宿屋の主人が私を呼びにきたのよ」

あの時のことは覚えている。

駆けつけてみると、そのデリーヌ伯爵は真っ赤な顔で咳《せ》き込《こ》み続けていた。

それでまず咳止めの薬を与えたのだ。

側付《そばつ》きの者は得体の知れない薬を、と訝《いぶか》しんだが、すぐに咳が止まると伯爵の方からこれは持病なのだが、治す方法はあるだろうかと問いかけてきたのだ。

伯爵は、いつから、どのようにこの症状が出たのか、今はどんな時に咳き込むのかをきちんと答えてくれた。

「それで、伯爵の病は喉《のど》が弱くて咳が出るものだとわかったわ。埃《ほこり》っぽいところや、いつもと違う場所へ行って空気が変わると喉が過剰に反応して炎症を起こすのよ。だから、喉の炎症を防ぐ薬を出したの。それを飲み続けていれば、喉の炎症がおさまって咳も出なくなるって」

「患者を診ずには絶対に薬は作れないのか？　風邪薬はこうして先に作ってるじゃないか」

「風邪はいつも同じものが流行るのだもの。毎年多少の変化はあっても基本は同じ病気だから、体力をつけて、熱を冷ます、喉の炎症を抑えるという点は一緒よ。患者を診ることができないのなら、詳しい症状だけでもわからないと」

「症状がわかれば薬は作れる？」

「……はっきりとは言えないけれど、詳しくわかれば、今まで診たことのある病気と比べてある程度の薬ならば出せると思うわ」

アルフレドは暫く考えるように腕を組んだ。

私に薬は作れないと知って、興味が失《う》せてしまったかしら？

でも本当のことだわ。

亡くなったエレーナも言っていたもの。何でも治る万能な薬なんて、この世にはない。病気の原因を知って、それに一つずつ対処してゆくしかないのだと。

病気によっては、薬が効かないものさえある。その時は、症状を抑えて患者本人の力を引きだすしかないのだと。

「王様って、どんな症状なの？　そんなに命が危ないの？」

私が声をかけると、アルフレドはふっと顔を上げた。

「よくわからないのだ」

「でも病気なんでしょう？」

「最初は、誰も病だとは思わなかった。ただ身体が弱ってゆくだけだった」

「毒を盛られた、とかじゃなくて？」

訊きにくいことだけれど、王様ならあり得そうな話だと思って訊いてみた。彼は気分を害することなく、苦笑して答えてくれた。

「最初は誰もがそれを考えた。だが、食事はもちろん、周囲から毒物は発見されなかった。用心のため、王の料理番は一週間ごとに替えられた。体調が悪くなった週があれば、どの料理番の仕業かわかるだろう?」

「でもダメだったのね」

彼は頷いた。

「ずっと変わらなかった」

「まるで呪《のろ》われているように、じわじわと体力がなくなってゆく」

「周囲の人も?」

私が訊くと、彼はちょっと考えるふうにして「それは考えたことがなかったな」と呟《つぶや》いた。

「言われてみると、確かに似た症状の者はいるかもしれない。けれど王ほど重症ではないと思う。医師が言うには、心臓が弱ってきていて、このままだとあまりよい結果にはならないということだった」

「身体に斑点《はんてん》や痣ができたりとかは?」

「ないと思う」

何の変化もなく、ただ体力が失われて弱ってゆくだけ……。

確かにそれは魔女の薬に頼りたくなるような病気ね。

「もしも……、もしも私が王の病状を詳しく調べてきたら、薬を作ることができるか?」

アルフレドが訊いた。

「それはまた……、事細かく調べてきてくれるなら、何かは作れるかもしれないわね。約束はできないけれど」

「では、私は明日、一度王城に戻ってみよう」

「……え？」

「調べて欲しいことを全て書き出してくれ。そのことについて、すぐに調べてみよう」

いなくなる……。

彼はここからいなくなる。

それは決められていたことじゃない、何を驚いてるの。

「それはありがたいけど、調べるっていっても、細かくよ。遠くから見てるだけじゃだめなのよ」

「わかってる。医師にも聞いてみよう」

この人の目的は私の弟子になることじゃなく、王様の薬をちゃんと作れるかどうかを見張りにきたのですものね。

「わかったわ。それじゃ、あなたを信用して、質問状を作ってみるわ。それから、あなたが王様のそばに行けるなら、どんな細かいことでもいいから、つぶさに観察してきて。あなたに病人の診かたを教えるわ」

今日は助けてもらったのだし、私も彼の望みを叶《かな》えよう、できる限りのことはしてあげよう。

「幾つかの薬も渡すわ。それを飲ませて様子も診て頂戴。何が効くかわかれば、治療の役に立つから」

「病気がわからないのに、薬を飲ませて大丈夫なのか?」

「強い薬じゃないわ。苦味を感じるかどうか、苦い薬を飲ませてみる、程度のものよ」

こういう話を、もっと早くしておくべきだった。

どうせ王様の薬なんて作らないと思っていたから、ほったらかしにしていた。でも彼はずっと、私が王様の薬を作ると信じて待っていたのだ。

不誠実だったわ。

反省し、私は丁寧に患者を観察するポイントを説明した。

目に充血があるか、呼吸の速さはどうか、左右のバランスが狂っていないか、真っすぐに歩けるか。

脈は医師に取ってもらった方がいいだろうけれど、手や足の血管が浮き上がっていたり、見えなくなっていたりしないか。

肌を押して、跡が残るかどうか。

どうしてそれを気にしなければならないか、も含めて。

アルフレドは途中で覚え切れないと紙に書き始め、熱心に聞いていた。

暫くして、彼のお腹が鳴ったので、夕飯にしましょうと休憩を挟むことにした。

彼のためにいつもより凝った料理を用意していたが、図らずもそれが別れのディナーとなった。

「城へ戻ったら、リディアには土産を持ってこよう」

「いらないわ。前にも言ったでしょう？　お城のものはここでは何一つ使い道がないのよ。私とあなたは住む世界が違うの」

厭味な言い方をした、と思ったのに、彼は気にも留めなかった。

「装飾品ではなく、お前の役に立つものにしよう」

私の言葉なんて、その程度よね。

「そうね、それなら薬の材料がいいわ。それも後でリクエストを書き出して渡すわ」

どうしてこんな厭味な言い方をしてしまったのかしら。

……彼が、ここを離れるというのに嬉《うれ》しそうに笑っているからだわ。

王様の薬を作る道筋が見えたから、その薬で彼の敬愛する王様が治るかもしれないから、彼が喜ぶのは当然なのに、私は釈然としないのだ。

私達が一緒に過ごした日々はそう悪いものではなかったでしょう？

でもあなたは王都に帰ることが楽しみなのね。

「お前は仕事熱心だな」

笑うアルフレドを見て、別れを惜しむのが自分だけだと気づいて、少し悔しくなったからだわ……。


翌日の朝早くに、アルフレドは庵を発《た》つことになった。

前日の夜、私が事細かく王様について調べるべきことを書いた紙と、特製の栄養剤を持って。

彼は、私のあげたシャツを置いていくと言った。

「また戻ってくる。着替えがないと困るからな」

と言ったけれど、こんな粗末なシャツは王城では着ないからだろう。

「プリムラと別れるのが寂しいわ」

彼が行ってしまう寂しさを隠せないかもしれないと思って、私はそう言った。

もし、悲しげな顔をしていたとしても、それはあなたとのじゃなくて、プリムラとの別れが寂しいからよ、というふうに。

外で待ってるプリムラの身体を撫でてやると、彼女はぶるっと身体を震わせてから鼻面を寄せてきた。

お前は私との別れを惜しんでくれてるみたいね。

「また来る時にこいつに乗ってくるさ。私がいない間、無理はするなよ」

「何よ、それ」

「薬を作る人間が病気になったら大変だと言うんだ。村人のために働くのはいいが、お前は働き過ぎだ。しかもそのことに気づいてない」

「私は頑丈なのよ。それに、ちゃんと栄養を摂《と》って予防の薬湯を飲んでるわ」

「素直に『はい』と言ったらどうだ、心配してやってるのに」

「別にあなたに心配していただかなくて結構よ」

私を心配してくれた、と喜びが湧《わ》き上《あ》がっても、それを隠す。

「もう一つ、一人の時は常に扉にカギをかけておくんだぞ。村人なら声でわかるだろう。知らない声だったら、すぐには扉を開けるな。お前は不用心過ぎる」

「あなたが来る前はずっと一人だったのよ。昨日は忘れていたけど、ちゃんと泥棒避けの仕掛けもあるんだから」

「リディア」

アルフレドは肩を掴み、プリムラから私を引きはがして振り向かせた。

「もう私は助けにこられないんだから、注意するんだ、約束しろ」

怖いくらい真剣な眼差《まなざ》し。

「……はい」

と思わず答えてしまうくらいの勢いだった。

でも誤解しちゃダメ。彼は正義感に溢れた騎士だもの。

女性に対してなら誰にでも言うのよ。

「気を付けるわ。約束するから放して」

彼は手を放し、プリムラに跨がった。

見上げる馬上の姿は、まるで絵のように美しかった。

立派だわ。

彼の詳しい身分は聞かなかったけれど、きっと隊長さんね。近衛兵《このえへい》かしら？

「さよならのキスはしてくれないのか？」

「……すぐ戻ってくるんでしょう？　ばかばかしい」

「残念だ」

彼が笑う。

暫くは、その笑顔が見られないかと思うと、胸がきゅっと締め付けられる。

走りだす馬の近くにいるのは危険だろうと、私は数歩下がってドアに寄りかかった。

金色の髪が太陽の光を透かしてきらきらと光る。

ここから王都まで、馬でどれくらいかかるのだろう。彼が王様のことを調べて戻ってくるまでどれくらいかかるのだろう。

きっと一日や二日では終わるまい。

明日からは、彼はいないのだと思うと、また寂しさを感じた。

「リディア」

彼は私を見て、浮かべていた笑顔を消した。

「……誰か、近くの役所から、信頼のおける人間でも警護に寄越そうか？」

「いらないわ。そんなの、面倒なだけよ」

笑ってくれればいいのに。笑顔が好きなのだから。

「そうか」

彼は、まだ何か言いたげにこちらを見ていたが、手綱を引き、馬の向きを変えた。

「行ってくる」

そしてゆっくりと馬を歩かせ、姿が見えなくなる前に一度だけ振り向いた。

そしてスピードを上げ、あっという間に蹄《ひづめ》の音も聞こえなくなってしまった。

静かになった森に、鳥の声が響き始める。

冷たくなってきた風が長い私の髪を弄《もてあそ》ぶ。

アルフレドが行ってしまっても、私はずっと扉に寄りかかったまま、彼が消えた方を見つめていた。

行ってしまったんだわ。

今日から、部屋の中に他人の気配も物音も感じることはない。

彼の視線に心を落ち着かなくさせることもない。

料理も一人分でいい。

そんなに長く一緒にいたわけではないと思うのに、『今までとは違うんだわ』という想いが消えなかった。

今日から、アルフレドはいないんだわ、という想いが……。


エレーナが亡くなった時、私は泣いた。

私を預けにきた女性（多分私の乳母だろうとエレーナは言っていた）が亡くなった時は、まだ何もわからない子供だったので、ほんの少ししか泣かなかった。

そばには新たにエレーナがいてくれたし、人が死ぬということは、その人と永遠に会えなくなることだとわからなかったからだろう。

でもエレーナが亡くなる時にはもうそのことを知っていた。

ずっと二人だったけれど、今日からは一人になるのだ、と思うと寂しくて、寂しくて、涙が止まらなかった。

いつまでも、庵のどこかに彼女が隠れているのではないかとその姿を捜したりもした。

一人で暮らすことに慣れたのは、彼女が亡くなってから三ヵ月も過ぎてからだった。

村に出てきてはどうかと言ってくれる人もいたけれど、薬を作るためにも森の中にいた方がよかったし、エレーナとの思い出のある場所から離れたくなかった。

一人きりの春を、夏を、秋を、冬を過ごして、一人で暮らすことに慣れてくると、やっぱりここに残ってよかったと思った。

煩わしいことはないし、薬作りに熱中できるし。

皆は森は静かで怖いでしょうと言ったけれど、風が吹いても、雨が降っても、森は賑《にぎ》やかだ。

鳥も来るし、鹿《しか》も来る。リスやハリネズミもいる。

村から人もやってきたし、自分から人里へ出ることもできる。

エレーナを失ったすぐこそ寂しさを感じたけれど、もう今では一人暮らしが好きになっていた。

なのに……。

アルフレドが来たせいで、私はまた『一人』の寂しさを思い出している。

失ったことに慣れた後で再び与えられ、そしてまた奪われるというのは、最初の時よりも失った辛《つら》さを強く感じさせるものなのか。

それとも、彼だから、なのか……。

村の風邪は、大きな流行にはならなかったけれど、老人達は多く罹患《りかん》した。

そのせいで、昼間は使いの子供達が何度も庵へ薬をもらいにやってきた。

でも日が暮れると、森の道を子供一人で歩かせるのは危険だから、訪ねてくる者はいなくなる。

フクロウの声を聞きながら薬を作り、子供達に配るジンジャーのクッキーを焼き、自分のための料理をし、ふっと息を抜いた瞬間に『彼がいない』ということを思い出す。

プリムラの馬屋を直していた時の金づちの音、作業をする私を背後からじっと見つめていた視線、奥の部屋で本を読む気配。

そんなものが全部なくなってしまった。

最初は、貴族らしく態度が大きかったわ。

私のことをずっと『お前』と呼んでいたし、魔女だと疑っていた。

でも自分の地位をひけらかすことは一度もなかった。

私が薬を作ることに対しては、薬師という称号がなくても認めてくれていた。

きらびやかな服を脱いで、土にまみれて薬草を採ったり、干したりすることも、厭《いと》わずやってくれた。

時々偉そうな口を利いたけれど、厭味な感じはなかった。

金色の髪はとても綺麗だった。

青い瞳は宝石のようだった。

私が、この国の人間らしからぬ黒髪であっても、それをどうこう言うことはなかった。

むしろ綺麗だとも言ってくれた。

私ですら忘れてしまった故国のことを知っていた。

今はもうない、あの国の人間だろう、と。

きっと彼は物知りなのだわ。私の薬草学についても興味を持っていたし、勉強家なのだろう。

もっと、色々話をしてみればよかった。彼は、私の知らないことをいっぱい知っていただろうに。

風邪薬を作ることに忙しくて、彼に惹《ひ》かれるのが怖くて、あまり話さなかったことが悔やまれる。

あの、賊を倒した時の一瞬の剣さばきからして、彼はきっと強い剣士なのだろう。

お城では、どんな暮らしをしているのかしら？

家族や恋人はいるのかしら？

ここへ来たのはお役目？　それとも役目を離れて自分が心配だから来たの？　だとした

ら戻った時にお咎《とが》めはないのかしら?

気が付けば、ずっとアルフレドのことばかり考えている。

彼が使っていた部屋で、彼が置いていったシャツを抱き、確かに彼がここにいたのだと思い返している。

あなたは?

アルフレド、あなたは私を思い出している?

王の薬を頼んだ魔女ではなく、一緒に時を過ごしたリディアという娘のことを思い出している?

汚れてもいいような木綿のドレスを着た女のことなんか、女性としては思い出さないわね。王城にはきっと着飾った美しい女性が沢山いるもの。

思い出された方が恥ずかしいわ。

……見た目なんて、気にしたこともなかったのに。

人は見た目じゃないと言うけれど、好きな人に見られるなら綺麗な姿の方がいいというのは女心ね。

絹のドレスは何枚かあった。

エレーナのものと、私を連れてきた女性のものが。

でもどちらもデザインが古いし、作業には向かない。

しまってあったタンスから取り出して眺めてはみたけれど、またすぐにしまいこんでしまった。

やっぱりここで暮らすのにドレスは必要ないわ。

私は蒼の森の魔女だもの。

時間が経《た》てば、アルフレドのことなんて忘れるに決まってる。

彼と私の間には何もなかったんだし、これからも何もないんだから。ただちょっと私にも娘らしいところがあったたっていうだけよ。

でも……。

私は夜の月を眺めながら、またアルフレドを思い出した。

月の光の金色が彼の髪と同じだったから。

「もしも、よ。もしもこれが恋なら、これって私の初恋なのかしら？」

問いかけても、答えてくれる者はいなかった。

恋の話なんて、本では読んだことがあるけれど、興味はなかった。自分には関係のないことだと思っていた。

エレーナとも、そんな話はしなかった。

彼女は、恋をしたのかしら？

もし今生きていたら、訊いてみたのに。

私が彼を想うことはいけないこと？　いつかはちゃんと忘れられる？

「一人の夜は長いわ……」

答えの出ない問いを抱いて、孤独を持て余す夜が幾つも過ぎてゆく。

やがて、外に出るのにショールが必要になるほど。

それでも、アルフレドは戻ってこなかった。


この森が『蒼の森』と呼ばれるのは、季節を問わず朝霧が出るからだ。

まだ夜の闇が残る中、姿を見せない太陽の光が零れ出すように辺りを染める頃、森は霧に包まれて蒼く輝く。

漂う蒼白い霧のせいで、木々は姿を曖昧《あいまい》にし、暗い影となる。

時間が過ぎると、霧は晴れ、その名残が葉に残り、やっと姿を見せた太陽の光を宝石のようにキラキラと反射させる。

ぼんやりと寝坊をしていると見られない美しい光景。

私も久々に見たわ。

今日は、アサクムゲの花を採るつもりだから、いつもよりずっと早起きをした。アサクムゲは、その名のとおり朝にしか花が開かない。

朝露を載せた花弁を丁寧に摘み取るのだ。

お陰でいいものが見られたわね。

私は二階の窓から外を見て、そろそろ霧が晴れそうになった頃、階下へ向かった。

一人だけの簡単な朝食をお腹に詰め込み、髪が露に濡《ぬ》れないようにリボンで縛ってカゴを持つ。

森の奥まで行く必要はないので、お弁当は必要なかった。

アルフレドがこの森を見たら何と言うかしら？

きっと綺麗だと感嘆するわ。こんな光景、王都でだって見られないんだから。

それとも、武人だからそういうものに興味はないかしら？

アルフレドがいないことを寂しいと想う日々が続いた後、私は『彼がいたら』と想像することでその寂しさを埋めることを覚えた。

彼がいたらきっとこうだわ、と、想像の中で彼を呼び出すことは楽しかった。本当にいないことに気づいてしまうと、寂しさは深まったけれど、その時間は短くなる。

「う、寒っ……」

玄関の扉を開けると、薄れてゆく霧が最後の名残を青く漂わせている。

私はショールを巻き直し、外へ出た。

朝夕はやっぱり寒いわ。
その時、遠くから馬のいななきが聞こえた。
誰かが馬を入れた?
森の中の道はここへ通じる一本しかない。
私は目を凝らして道の先を見つめた。
背の高い馬上の姿。
薄い霧を破って、どんどんと影が近づいてくる。
あれは……。
「早いな。寝起きを驚かそうと思ってきたのに」
金色の髪を靡《なび》かせて、私の目の前に馬を止めて降り立ったのは、アルフレドだった。
「アルフレド……!」
靄《もや》に映る幻ではなくて?
本当に彼なの?
夢でもいい、幻でもいい。ここに彼がいる。
思わず私は目の前の彼に抱き着いた。
「アルフレド」
だが、その腕に実体を感じると、慌てて腕を放した。

放そうとした。

でも今度は彼の方が私を抱き締めて放さなかった。

「こんなに喜んで迎えてくれるとは、ありがたいな」

「ち……、違うわ。幻かと思ったから、確かめただけよ。喜んで迎えたわけじゃないわ」

焦って言い訳をしたけれど、彼は放してくれるどころか、私を抱き上げて振り回した。

「相変わらずの憎まれ口だ。元気だったようだな」

「下ろして」

「再会を祝ってるんだ、もう少しぐらい、いいだろう」

「こんなに朝早く来たなら、夜通しかけてきたんでしょう？　疲れてるんじゃないの？」

「心配してくれるのか」

「だからこんな悪ふざけをするんだって言いたいの。下ろして」

もう一度言うと、彼はやっと私を下ろしてくれた。

「温かいお茶を淹れるわ」

「少し酒が入っているとありがたいんだが」

やっぱり寒かったのね。

前の滞在の時には一度も『酒を』なんて言わなかったのに。

「薬酒ならあるわよ」

「苦いんだろう?」

「女性用に甘いものもあるわ。酔っ払いたいんじゃなければそれでいいでしょ?」

「ああ」

アルフレドが帰ってきた。

華やかな場所から戻ってきても、私を忘れていなかった。

胸が、ドキドキするのは振り回されたからじゃない。

私はすぐに部屋に入り、カゴを置くとキッチンへ向かった。

温かいお茶に薬酒を落としてあげよう。食べないかもしれないけれど、ジンジャーのクッキーも添えよう。ジンジャーは身体が温まるから。

ハチミツは、男の人だからない方がいいかしら?

「はい、どうぞ」

全てを用意して戻ると、アルフレドは大きな荷物を運び入れ、椅子に座ってブーツを脱いでいるところだった。

「ありがとう」

「どうしたの、これ? 今回は着替えも持ってきたってこと?」

「約束しただろう。薬の材料を持ってくると。それと、もう一つ、土産だ」

彼はお茶のカップを持ちながら立ち上がり、荷物の中から白いふわふわとしたショールを引っ張り出した。

カップを置き、私を抱き締めるように腕を回して肩に掛けてくれる。

「温かい……」

「無地のものを選んだ。これならここでも使うだろう？」

私の言葉を覚えていて、私のことを考えて選んでくれたのね。嬉しい。

「……ありがとう」

「素直だな。そんなに喜んでくれるなら、もう一枚持ってくればよかった」

「そんなに何枚もいらないわ。それより、王様の病気のことを教えて」

照れていることに気づかれたくなくて、私は自分のカップを持って自分の椅子に腰を下ろした。

だが、アルフレドは再びカップを持ち、薬棚の前に進んだ。

「今？」

「だって、早い方がいいでしょう？」

「それはそうだが、私は到着したばかりだぞ？」

「疲れてるの？　それじゃ、仮眠でも取る？」

「そうじゃない。再会の喜びを分かち合おうと言ってるんだ」

彼は振り向き、私を見た。

「離れて寂しかった、ぐらい言ってくれないのか？」

それはもちろんそうよ。

毎日とても寂しかったわ。

でもそれを口にはしない。

「別に。あなただってそうでしょう？」

「私は寂しかった。戻ってもずっと、リディアのことばかり思い出していた」

……え？

「今頃一人で何をしているのか、働き過ぎて倒れていないか、悪い奴《やつ》らに襲われていないかと、心配していた。もし王の病のことがなければ、すぐにでも戻りたかったくらいだ」

だめ、期待しちゃ。

彼は『心配』してくれてただけよ。あんなことがあったから。

「私は大丈夫って言ってたじゃない。そんなに心配しなくても……」

「お前だから心配したんだ」

彼の言葉に胸が騒ぐ。

どうしてこの人はこんな誤解させるようなことを言い出してるの？

「私がそんなに頼りなく見える？　私は蒼の森の魔女なのよ？」

「一人の女性だ」

彼は、薬棚の空いているところにカップを置いた。

「城に戻る途中にも、戻ってからも、ずっとお前のことばかり考えていた。どうしてお前のことが頭から離れないのかと、ずっと考えながら馬を走らせていた」

嫌だわ。

真剣な声の響きに悪い期待が頭をもたげ始めている。

「リディアは美しい女性だった。だからか？　一人で森に暮らす女性で、危険な目にあったからか？　薬師として立派な仕事をしているからか？　他人のために懸命に働いていたからか？　私を貴族と知りながら特別に扱わず、金や宝石に執着しないからか？」

彼は両手を広げ、棚にもたれかかった。

その視線は私から天井へと移る。

何かを思い出すかのように。

「わからなかった。どれも私を魅了する理由になるが、『だから』という限定にはいたらなかった。だが、城に戻ってから気づいた。全て、だ」

「全て……？」

「今言ったことの全てが、私を惹き付けたのだ。リディアとここで過ごした時間は、私の人生の中で特別な時間だった」

「大袈裟《おおげさ》だわ。私達は大して言葉も交わさなかったじゃない」

「言葉ではない。けれど私は見ていた。お前のことを。そして城で女性に会うたびに、心の中でお前と比べている自分に気づいたんだ。金髪の女性を見れば、リディアは黒い髪だった。青や緑の瞳を見れば、リディアは赤みがかった珍しい黒い瞳だった。医師や薬師がもったいつけて何かを言うたび、リディアはそんなことをしなかった。病人が最優先だった。派手なドレスや宝石にうつつを抜かす女性の前では、リディアはそんなものは必要ないと言っていた、という具合にな」

視線が、また私に戻る。

「それでわかったのだ。私は、リディアが好きなんだ、と」

顔がカッと熱くなるのがわかった。

彼の口から聞いた言葉が信じられなかった。

「お前を好きだから、お前のことが頭から離れないのだと。暴漢に襲われた時、あんなに怒りが込み上げたのも、『私のリディアを傷つけた』と思ったからだ。怯えて私のシャツにしがみついたお前を抱き締めたいと思ったのも」

あの時、彼はそんなことを考えていたの？

「ではお前はどうなのか？　リディアは私をどう思っているだろうか？　私がここを去る時、すがるような目で見つめていたのは、お前も私と離れ難いと思っていたからではないか？　だとしたら好意は持ってくれているだろう」

「そ……そんな目で見ていないわ。あれはプリムラがいなくなるのが……」

「あの時もそう言っていた。だからそうかもしれないとも思った。好意は持ってくれているだろうが、私のように恋をしているわけではないかもしれないと」

恋？

今、アルフレドは『恋』と言った？

「だが、さっき確信した。お前は私を見つめて、泣き出しそうなほど喜んだ」

「泣き出すなんて……」

「私に飛びついて、抱き締めてくれた」

「あれは幻かと思って……」

「幻を見るほど、私のことを想っていた？」

それには返事ができなかった。だってそのとおりだもの。

「お前も、私を好きなのだとわかって、嬉しかった」

だからあんなふうに私を振り回したの？

でも……。

「違うわ」

私は視線を逸《そ》らせて彼を拒絶した。

「違う？」

「あなたは……、とてもいい人よ、それは認めるわ。でも恋はしてないわ」

「では何故抱き着いた？　頬へのキスで慌てるような娘が」

そのことにも気づいてたのね。上手くごまかせたと思っていたのに。

「あなたは貴族じゃない。私は魔女よ。薬師の資格もないわ」

「そんなことは気にしなくていい」

「気にするわ。あなたは王都で貴族のお嬢さんと結婚するべきよ」

「身分が違う、と？　だが私は身分など気にしない。貴族だ何だと言うなら、お前だって元は貴族の娘だろう？」

「もうない国のよ。証明もできないわ」

「つまり、リディアが貴族の娘だったら、素直に好きと言えるわけだ」

「そんなこと言ってないわ。くだらない話をするくらいなら少し仮眠を取ったら？　あなた疲れてるのよ。だからそんなくだらないことを言い出すんだわ。でなければ、お城では会ったことのない珍しい娘を気に留めてるだけよ」

これ以上ここで話をしていると、彼に呑《の》み込《こ》まれてしまう。

私も好き、と言ってしまう。

でもそれを口にした先に何があるのか、わかっていた。

アルフレドは貴族。彼は騎士。王様から離れることはできないし、王都から離れることもできない。

だから最後は別れるだけ。

片想いならいい。少し泣いて忘れるでしょう。今回のように、寂しさを味わうだけで遠い記憶にすることができる。

でも愛してしまったら。愛されてしまったら。

それを忘れることなんてできるのかしら？

別れを、捨てられたと受け取り、彼を恨むかもしれない。

そんなのは嫌だった。

「王様の病気の話は、あなたが起きてからにするわ。私は薬草を採りに行くから、お昼過ぎまで寝ていていいわよ」

私は椅子から立ち上がった。

「お前が、人一倍強情なのは知っていたが、ここまで強情だとは思わなかったな」

「私は強情じゃないわ」

「じゃ、意地っぱりだ」

「違うわ」

「それでも、私はお前が欲しい。もし、リディアも私を好きならば、恋人にすると決めていた」

「恋人にしてから王都に帰るの？」

言ってしまってから、しまったと思った。

一番の気掛かりを口にしてしまった。

「それが心配なのか？」

「違うわ。とにかく、私はあなたを好きなんかじゃない。恋もしてない。そんなくだらないこと、二度と口に出さないで！」

「それなら、お前に私を好きにさせる。私がお前を愛するということは、簡単に諦《あきら》められるものじゃないのだから」

「だから好きになんかならないって……！」

アルフレドは手を伸ばし、棚から薬の瓶を取った。

それがなんだか気づいて、私は逃げようとした。

けれど彼の動きの方が速く、アルフレドは私の腕を捕らえて引き寄せると、その薬瓶の中身を口に含んだ。

「だめ、それは……！」

そして自分では飲み込まず、私に口づけると、それを口移しに私に注ぎ込んだ。

「ン……」

甘く苦い薬が口の中に広がる。

飲み込んではいけないと必死に我慢したけれど、唇を塞がれ、息苦しくなった私は抵抗虚《むな》しくそれを飲み込んでしまった。

「さあ、お前が作った惚れ薬だ。これでもう私を好きだと言っても薬のせいにできる。ちゃんと本当のことを言うんだ」

彼の腕の中で、私は怖くなって泣き出した。

「リディア……？」

「……違うわ」

「まだ私を好きじゃないと言うのか？」

「これは……惚れ薬じゃないわ」

私を摑んでいた腕の力が緩む。

肩に羽織ったままだったショールが落ち、私はその場に座り込んだ。

「危険な薬だったのか？　すまない、すぐに解毒を……」

おろおろとしだした彼に、私は首を振った。

「毒薬じゃないけど、解毒剤もないわ。これは……、これは……。媚薬なのよ」

「媚薬？」

「昔エレーナが作った薬で、赤ちゃんが欲しいご夫婦に与えるようにって……。男女の営みが上手くいくようになる薬だって……」

「すぐに吐き出せ！　お茶を飲むんだ。身体におかしいことはあるか？」

「飲んだばかりで……わからないわ。私……、どうなっちゃうの……？」

涙が止まらない。

この薬を飲んだらどうなるか、エレーナは詳しく教えてくれなかった。でもきっと自分が自分でなくなってしまうに決まってる。

「まだ薬は効いてないな？」

問われて、私はコクリと頷いた。

「では薬の効き目が出る前に答えてくれ。お前は本当に私が好きじゃないのか？」

「そんなの……」

「大切なことだ。お前が貴族でなくとも、私はお前が好きだ。決してリディアを一人にはしない。私は魔女でも何でも、ここで共に過ごしたリディアを愛したんだ。だから本当のことを言ってくれ」

心が動く。

答えてはダメだと頭の中で自分の声がする。

でも真っすぐな彼の目が、懇願するように迫るから、唇が動いてしまう。

「薬が……、効いてきたのよ……」

効果のわからない薬を口にしてしまった、泣くほどの怯えが、自制心を揺らがす。

「だから本心じゃないわ……」

彼が私を好きだと言った言葉が、本気なのだと伝わるから、喜びに抗えない。

「でなければ、あなたを好きだなんて言わない」

別れしか待っていなくても、媚薬と知った途端『吐き出せ』と言ってくれた彼が愛《いと》しくて堪《たま》らない。

「アルフレドが好きだなんて……、暴漢に襲われそうになった時、そういうことになるのなら初めてはあなたがいいと思っただなんて……」

私は泣いた。

今度は恐怖ではなく、欲望に負けてしまった自分に。

媚薬を飲ませたのは彼だから、きっと変化が起これば彼が責任を取ってくれる。私の初めてを捧《ささ》げることができる。

たとえ最後が悲しみで終わっても、たった一度の思い出でも、彼と身体を重ねることができるチャンスだと考えてしまった浅ましい自分が恥ずかしくて、涙が零れた。

「あなたがいなくて寂しかった。あなたのことが好き。……そんなこと、言わないわ」

「リディア」

彼がちゃんと唇にしてくれたキスに、涙が止まらなかった……。

彼の腕に包まれたまま、泣《な》き止《や》まない私の額に、アルフレドはキスをした。

それから、立ち上がってさっきの媚薬の瓶を手に取ると、自分も一口含んで慌てる私に言った。

「私も飲んだ。何が起こってもこれで一緒だ。怖がることはない」

更に、こう続けた。

「薬が効く前に言っておく。私がお前を好きなのは真実だ。だからお前を抱きたいんだ」

「……抱く？」

「そうだ。今なら、『薬のせい』でお前は私が好きだと言う。だが、薬が切れたらまた意地を張って『そんなことはない』と言い出すかもしれない。こんなふうに……」

彼は私の頬の涙を指で拭《ぬぐ》った。

「泣きながら好きと言われることはもうないかもしれない。そう思ったら、我慢ができない。私は自分で思っているより自制心がないようだ」

困ったように笑って、アルフレドは私を抱き上げた。

「きゃっ……っ」

「薬のせいにしてもいい。だが、今は、私を愛しているなら私に従え。今なら、これは愛し合う恋人同士の行為だ」

アルフレドは、そのまま私を彼の部屋へ運び、ベッドの上に降ろした。

「何もしなくていい」

自分はベッドの傍らに立ち、服を脱ぎ始める。

「抵抗してもいい」

刺繍《ししゅう》のされた上着を脱ぎ、薄いシャツを脱ぎ、半裸になってからベッドに上がってくる。

「『薬のせい』で、愛の言葉を囁いてもいい」

ベッドの上で呆然《ぼうぜん》としている私に覆いかぶさるようにして顔を近づける。

「私は私の心に従う。それがどんなに重大なことか、お前にわからなくても」

「アルフレド……」

顔を寄せ、彼が軽く私にキスをする。

逃げずに受けると、今度はしっかりと唇を合わせてきた。

柔らかい唇が、強く押し付けられ硬い感触に変わる。

閉じて押し当てられた唇はゆっくりと開き舌が伸びる。

柔らかく濡れた舌は、私の唇を難無くこじ開け、中に入ってきた。

これがキスなの？

それともアルフレドだけがこういうことをするの？

私はどうすればいいの？

私も舌を伸ばすの？　そんなことできないわ。

抵抗してもいいと言ったけれど、抵抗するべきなの？

抵抗したら彼はこの行為をやめてくれるのかしら？

私はやめて欲しいと思っているの？　それともこのまま彼に身を任せたいと思っているの？

彼に求められたい。初めて身を任せるなら、相手はアルフレドがいい。

でも、抱かれてしまったら、いつか来る別れはとても辛いものになってしまう。それに耐えられるだろうか？

拒んだら、彼は怒って帰ってしまうかしら？

「リディア」

肩を抱かれ、優しく名前を呼ばれる。

「何も考えなくていい。心のままに応《こた》えてくれ。そうだ。お前が何をしても、『薬のせい』だから」

逃げ道だわ。

媚薬がお互いの『逃げ道』になっている。

彼がこんなことをするのも、あの薬のせい。私が彼に応えたとしても、あの薬のせい。彼はそう言いたいのね。

私はその言葉に騙《だま》されたいと思ってる。『薬のせい』だから仕方がない。もし全てが終わって、やはり彼に抱かれたことを後悔したら、その言葉を使って逃げることができるかもしれないと期待している。

その期待は、私が彼に抱かれたいと思っている証拠だった。

キスした唇が首筋におりる。

彼の手が、服の上から私の身体に触れる。

隆起した胸の膨らみの上にそっと手を置いて、形をなぞる。

強く掴まれたわけでもない、揉《も》まれたわけでもない。なのに服の下では胸がざわついてくる。

触られてるから？　薬が効き始めたから？

男女の営みについては、ちゃんと知っていた。医学の知識として全て知っておくようにと、エレーナから教えられていたので。

男は女を求め、女は男を欲する。

互いにキスして、身体に触れて、気持ちを高め、一つになるのだ。

「リディア」

もう一度名前を呼ばれる。

「私を見ろ」

命じられて、私は彼を見た。

「涙は止まったな」

アルフレドが微笑むから、少しだけ緊張が解ける。

「お前が好きだ」

服の上から身体を撫でていた手が、キスを繰り返しながら背中のボタンにかかる。

「それだけ忘れないでくれ」

ボタンが全て外れてしまうと、肩から下ろされ、ドレスは前に脱がされた。

白い木綿の下着を見て、彼は「締め付けないでもそのプロポーションか」と呟いた。貴族の娘は身体のラインを綺麗に見せるため締め付けるような下着をつける。

その一言で、彼が女性を抱くのは初めてではないのだと知れた。

私の前に、この手が触れた人がいるのだ。

悲しいような、悔しいような、複雑な気持ち。これを嫉妬《しっと》と呼ぶのだろうか。

軽く肩を押され、仰向《あおむ》けにベッドへ倒れる。

彼は横たわった私から、服を取り去り、床へ置いた。

白い簡素な下着とアンダースカートだけの姿が恥ずかしい。

視線を避けようと背を向けたけれど、すぐに肩を摑まれて仰向けに戻された。

「綺麗だ」

下着の上から胸に触られる。今度は撫でるだけでなく、そっと握られる。

「あ……」

その時、身体の奥がピクリと震えた。

お腹の奥がじわりと熱くなるような、奇妙な感覚。

アルフレドは私の変化などおかまいなしで、今度は下着のボタンを外し始めた。

二つ三つ外し、緩んだ襟元から手を滑り込ませる。

「あ……」

またお腹の奥が痺れる。

「アルフレド……」

潤む目で彼を見上げると、アルフレドは困ったように笑った。

「そういう目をされると、我慢が利かなくなる」

そして残っていたボタンを、少し乱暴に全て外してしまった。

「いや……っ」

露《あらわ》になった胸に、彼が唇を押し当てる。

「ん……っ」

柔らかい感触。

指や布ではないものが胸に触れるのは初めてだった。

「あ……だめ……っ」

不思議な感触が、身体を熱くする。

顔が火照って、身体の芯《しん》が痺れていく。

彼が胸の先に吸い付くと、その痺れは更に強まった。

「あ……」

舌先が突起を嬲《なぶ》る。

いつも落ち着いて紳士だったアルフレドとは違う。もっと乱暴で、飢えているような態度。それは薬が効いてきたからなの？

彼の手がアンダースカートを捲《めく》り、内股《うちまた》に触れた途端、身体の芯にあった痺れが全身に広がってゆくのも、薬が効いてきたせいなの？

「アルフレ……ド……」

身体が疼《うず》く。

自分の内側に生まれた感覚が何なのかわからなくて、それをどうしたらいいのかわからなくて、もどかしさに身を捩《よじ》る。

身体を捻《ひね》ると、そのたびにボタンを外された下着が身体から離れてゆく。

肩紐《かたひも》が落ち、腕に絡む。

アルフレドの舌が私の乳房を濡らす。

脚の間、彼の手が這《は》い上《あが》ってゆく内股の奥が自分の意思とは関係なく痙攣《けいれん》を始める。

それだけじゃない。

その場所が熱を帯び、何かが溢れ出してくるのもわかる。

迎え入れるための愛液だわ。

男女が繋がるのを容易にするため、女性はそこを濡らすという。その露が、彼の愛撫《あいぶ》によって私から零れているのだわ。

身体が、彼を求めている。

いいえ、違う。きっとこれは薬のせいよ。

「リディア」

指が、濡れた場所までたどり着いてしまった。

「あ……、ン……ッ」

入り口に触れただけなのに、そこがビリビリする。

「いや……、そこに触らないで……」

恥ずかしくて懇願したのだけれど、彼は聞き入れてくれなかった。

「無理だ。お前の言うことは聞けない」

胸の上で、拒む声がする。

「アルフレド……っ」

視界にあるのは、胸元に顔を埋《うず》めた彼の金の髪。

「止まらない。お前が欲しいんだ」

感じるのは彼の舌と指。

ベッドの上にいるのに、船に乗って揺られているようでめまいがする。

お酒に酔った時のようだわ。以前、ワインを飲み過ぎた時もこんなふうで、地面が揺れて歩くことができなかった。

あの時と違うのは、お酒に酔った時にはただふわふわと気持ちいいだけだったのに、今は身体が燃えるように熱い。

自分の中に、別の何かがいる。

それは私という殻を破って出てきたいと暴れている。

中から飛び出して、彼にしがみつきたいと望んでいる。

「あぁ……。だめ……、おかしくなっちゃう……」

「なればいい。私などとっくにおかしくなっている」

アルフレドは、もう薬が効いているのだわ。それなら彼より先に薬を口にした私に効いていないはずがない。

だから、こんなに身体が燃えるのも、彼の手に心地よさを覚えるようになったのも、みんな、みんな、薬のせいなんだわ。

「あ……っ」

指が、濡れた場所を探る。

「……ひっ」

中に入ってくる。

「柔らかいな」

彼の言葉に羞恥《しゅうち》が煽《あお》られる。

恥ずかしさに身を縮めると、そこが彼の指を締め付けた。なのに指は中で蠢《うごめ》いている。

内側から荒らされ、息が上がる。

「あ……、あ……ん」

愛撫から逃れるために捩っていた身体が、いつの間にか応えるために動いていた。

胸を吸われれば肩を震わせる。

腰を抱かれれば背を反らせる。

中を荒らされれば声を上げる。

下着など、もうどこかにいってしまっていた。

溶けてしまいそう。

内側から溢れた痺れは、疼きに変わり、全身を過敏にしてゆく。

少しの変化でさえも、私を酔わせてしまう。

「アルフレド……、アルフレド……」

求めるように名を呼ぶと、彼は指を引き抜き、身体を起こした。

一瞬怒っているのかと思ってしまうような真剣な顔。

間近で見る逞しい身体。

指が抜かれた場所も、疼いている。さっきまであったものを元に戻してと。

何も言わず、彼は身体を折り、私にキスした。

震える手を、彼の背中に回す。

彼の腕が私を抱き締め、身体が浮く。キスは深くなり、さっきのように舌が差し入れられた。

口の中で動き回る舌に応えて、自分も舌を伸ばす。

舌は絡まり合い、耳の奥で淫靡《いんび》な音を響かせた。

視覚や聴覚までもが愛撫になる。

もう、私は何も言わなかった。拒む言葉を紡げば嘘になる。

彼も何も言わなかった。彼の口は言葉を発するより他のことに勤《いそ》しんでいた。

口にするのは喘《あえ》ぎと互いの名前だけ。

身体の上で、彼が触れていない場所はないというほど全身に触れられた。剝《む》き出《だ》しの彼の身体を肌に直接感じた。自分よりも体温の高い、熱い身体を。

抱き合ってキスしながら彼が居場所を変え、私の脚の間に移る。

抱き締めていた腕の一方が外れ、右手がまたあの最奥へ伸びる。

蜜《みつ》は溢れ、指が音を立てた。

すぐに手が離れ、彼が自分の前を開ける気配がする。

「膝を立てろ、片方でいい」

言われたままに動くのは、彼を望む証し。それは彼もわかったのか、目の前の顔が少し微笑んだように見えた。

「あ……」

彼が当たる。

私の零した露を纏って、中へ入ってくる。

「……っう。……ん……っ」

そこが、脈打って痙攣する。

「あ……、あぁ……、や……っ」

「大丈夫だ。ゆっくりやる」

「だめ……。そんなの……入らな……」

「十分濡れている。ちゃんと受け入れられる」

「……あっ！」

彼の言葉は正しかった。

ゆっくりと進んできたモノは、私の内側に身の置き所を探し、深く入り込んだ。

圧迫される感覚はあるのに、肉はまるでそれを味わうかのように動く。

「リディア……」

抱き締められ、僅《わず》かに起こした身体を、下から彼が突き上げる。

「ひ……っ、あ……」

そのたびに彼が深く入ってくる。

彼を迎えるたびに、身体が悦《よろこ》びの悲鳴を上げる。

気持ちいい、という言葉では終わらない快感。

「アルフレド……」

もっとして。

もっとメチャクチャにして。

何もわからなくなるくらいに、私を翻弄《ほんろう》して。

私があなたの背に指を立ててることに気づかせないで。自分から腰を動かしていることに気づかせないで。

「アルフレド……」

名前を呼びながら、自分からキスしてることを気づかせないで。

「好き……。あなたが好き……」

本当の気持ちを口にしていると気づかせないで。

「私もだ。愛してる、リディア」

この時間がずっと続けばいいと、思わせないで……。

「あぁ……っ！」


目が覚めて、自分が寝ていたことに初めて気づいた。

身体のあちこちが痛い。

まるで崖をよじ登った後のように、疲れきっている。

なんでこんなに疲れてるのかしら。

天井が、私の部屋のものとは違う。

板目に描かれたくすんだスズランの花。あれは、エレーナの部屋の天井だわ。私のはスミレだもの。

つまり、ここはエレーナの部屋なのだわ。

ではどうしてエレーナの部屋に……。

そこまで考えた時、記憶が一気に波となって押し寄せた。

朝もやの中、戻ってきたアルフレド。

初めてのキス。

千々に広がる私の黒髪の中に沈む、逞しい彼の身体。

露になった水蜜桃《すいみつとう》のような私の胸を摑んだ彼の手。

指先が痛むほど彼にしがみついていた自分の指。

耳の底に残る自分の甘い声。

私は……、アルフレドに抱かれたのだわ。

何度も、何度も。

正常な思考ができなくなって、身体の内側から溢れる情欲と快楽に呑み込まれた。

見ると、腕には赤い痕《あと》が幾つも残っていた。これは彼が私を求めた徴《しるし》だ。

恐らく、彼の背中には、私が求めた痕も残っているだろう。

ばかなことをした……。

何てことをしてしまったのだろう。私はもう彼を忘れられない。いつか別れるのをわかっている人を愛してしまった。

「起きたか」

アルフレドの声に、私はギクリと身体を硬くした。

視線を向けると、私のあげた青いシャツを着た彼が戸口に立っている。

「ちょっと待っていろ」

けれどその姿はすぐに消えた。

どうしよう。

どうしたら……。

私は慌てて身体を起こそうとして、下腹部に鈍い痛みを感じた。

それが何のせいだか気づき、どうしてそうなったのかを思い出して赤面する。彼が『いた』からだわ。何度も求められたからだわ。

と同時に、自分が一糸纏わぬ姿のまま横たわっていることにも気づいた。

下着は？

服は？

部屋を見回すと、服は近くの椅子の背に掛けられていた。

取りに行くためにはベッドを降りなければならない微妙な距離だ。もし取りに行っている間に彼が戻ってきたら、裸を見られてしまう。

毛布を巻き付けて降りれば何とか……。

「温かい茶を淹れてきた。飲むといい」

だがそれを実行に移す前に、アルフレドは戻ってきた。

私は毛布を胸元まで引き上げ、彼を見た。

アルフレドは近くのテーブルを引き寄せ、その上にお茶のカップを置くと、彼が持ち帰ったあの白いショールを私の肩に掛けてくれた。

「随分寝ていたから、心配した。無理をし過ぎたかと」

そして自分はベッドの上、私の足の方へと座る。

「身体は、辛くないか?」

「……忘れたわ」

彼と目を合わせたくなくて、私は視線を逸らせた。

「リディア?」

「あなたも言ったでしょう? あれは薬のせいだったって」

「なかったことにしようと言うのか?」

「その方があなたもいいでしょう?」

「そうだな……。確かに薬の効果でお前と抱き合ったことは、忘れた方がいいのかもしれない」

やっぱり。

私は毛布の中できゅっと拳《こぶし》を握った。

こんなつもりじゃなかった、薬のせいで抱いただけで、それほど好きだったわけじゃないんだ。どうか誤解しないで欲しい。

言われるのは大体そんなところだろう。

そしたら私は、こっちも同じようなもんよ、と笑って応えなくては。

「こんなつもりじゃなかった」

アルフレドは私の想像どおりの言葉を口にした。

「薬のせいで酷くした。もっと優しくしたかったし、大切にしたかった。だが、薬のせいじゃないかもしれないな。お前があまりにも魅力的過ぎて、歯止めがきかなかった」

……え？

驚いて、私は顔を上げ、彼を見た。

「私は今もリディアが好きだが、お前はどうだ？」

「あ……、あんなの、薬のせいで……」

「あれが薬のせいだとしか思えないなら、次はあんなものなしで抱き合おう。私は薬などなくても、いくらだってお前を抱ける」

彼は、笑っていた。

後悔など微塵《みじん》もない顔で。

「薬の効き目はもう切れている。もし、あれに効き目があったとすれば、だが。その上でもう一度言い直そう。お前をこの腕に抱きたい、何度でも」

「エ……、エレーナの薬は優秀よ」

手が伸びて、拳を握っていた私の手を取った。

彼は、私の手のひらに食い込んだ爪《つめ》の跡に気づいたようだったが、何も言わなかった。

指摘しない代わりに、ゆっくりと指を開いて、自分の指を絡めてきた。

「媚薬がなくても、抱きたい。惚れ薬なんかなくても、好きだ。お前は？　リディア」

絡まった指に、力が籠《こ》もる。

「あなたの回りには、美しいお嬢様がいっぱいいるでしょう？」

「いたな。だがお前がいい」

「私は魔女よ？」

「身分も呼び名も関係ない。お前の本当の気持ちが聞きたい」

こうまで言われて、拒むだけの強さがなかった。

だって、彼に抱かれて幸福だと思ってしまったんだもの。

嬉しいと思ってしまったんだもの。

「……好きよ」

言ってしまうと、言葉と共に涙が零れた。

ばかな女だわ。

いい結果なんて待っていないのに、目先の幸せに飛びつくなんて。

「リディア」

彼がもっと近づいて、私を優しく抱き締めてくれると、幸せだった。

優しく髪を撫でてキスされると、それに応えたいと思ってしまった。

「愛してる」

その言葉を信じてしまった。

「……私も」

この幸福が、今だけのものでもいいと思って……。


薄く切ったパンにチーズを載せて焼いただけの食事をした後、私達は抱き合ってまた眠りに落ちた。

寝たのは私だけだったかもしれないけれど、激しい行為を求めてではなく、ただ互いの温もりを確かめ合ってベッドに入ることは、幸せだった。

『幸せ』という言葉を、今まで『この状況は悪くない』という意味でしか使ってこなかった。

両親と離れて、国も家族も失《な》くしたけれど、生きていることは幸せ。

身体を売るような場所に連れて行かれることもあるのに、エレーナのように知識を与え、育ててくれる人のところに来られて幸せ。

魔女と呼ばれても、正式な薬師の資格がなくても、村人に必要とされているから幸せ。

たった一人で森の奥に暮らしていても、訪ねてくる人はいるし、食べるのに困っていないのだから幸せ、というように。

けれど、アルフレドのそばにいると、『今以上にいいことはない』という意味で幸せを感じることができた。

彼の腕の中で眠ること、彼が私に愛を囁いてくれること、微笑んでくれること。それだけで胸の奥が温かくなって、口元が緩んでしまう。

きっとこれが本当の『幸せ』というものなのね。

私は、愛されて『幸せ』だった。

期限付きの『幸せ』であっても、この気持ちを知らずにいるよりも『幸せ』だわ。

けれど翌日になると、その『期限』を思い知らされた。

「さて、王の病状やら何やらを、ちゃんと調べてきたぞ」

山ほど持ち込んだ荷物の中から、アルフレドはびっしりと書き込まれた紙を取り出し、私の前に置いた。

「わからないことがあったら訊いてくれ」

そうだわ。

彼がここに来たのは、王様の薬のため。

王様の薬ができてきたのも王様の薬のため。

でも、病人がいるというのに、それを無視することはできなかった。

「見せて」

私は自分の椅子に座って、彼の持ってきた書き付けを見た。

アルフレドは、自分の座っていた椅子を持ってきて、私の隣に座り、顔を寄せてくる。

「近いわ」

「いいじゃないか、恋人だろう？」

その言葉に顔が赤くなる。

「そうじゃない、とは言わないだろう？　リディアは恋人ではない男とキスする女性じゃない」

勝ち誇ったように言って、彼が頬にキスしてくる。

「あなたのことで、少しわかったことがあるわ」

「何？」

「貴族だから態度が大きいのかと思ってたけど、礼儀正しくて、我慢強いクセに、我慢しなくていいとわかると自分の好きにするんだわ。傲慢《ごうまん》じゃないけど、強引なのよ」

「……強引か？」

「自分がこうと決めたら絶対そうするんだわ。まるで王様みたいに尊大な時もあるわよ」

「それは、恋人になったことを後悔してるってことか？」

「そうじゃないわ。仕事をしてる時には私の言うことを聞いてって言ってるの。邪魔だから少し離れて」

「邪魔？」

怒らせてしまったかしら？

好きになると、相手の反応がとても気になってしまう。

「薬のことを考えたいのに、あなたのことに意識が向いてしまうんだから、邪魔よ」

とりなすために言うと、彼はにこっと笑って少し離れてくれた。

「そういう理由なら仕方がない」

子供みたい。

私は苦笑して、再び書面に目を移した。

王様は、もう一年ほど前から身体の不調を訴えていた。

食欲不振、倦怠感《けんたいかん》、特に下半身に疲労が溜まりやすくなっていた。

けれど、その程度ならば、一時的な理由や年齢的な体力不足ということも考えられる。

ところが、症状は改善されず、手足の感覚が麻痺し、力が入らなくなってきた。そこで病という判断が下されたのだ。

医師の診断は、運動不足により体内の血の巡りが悪くなったうっ血。

そこで軽度の運動として乗馬をさせたり、瀉血《しゃけつ》をしたりしてみたが症状は全く改善されなかった。

病状は時間経過と共に更に悪化し、軽い記憶障害が出たり、何もしていなくても息切れが出たり、足のむくみが酷くなってきた。

「足のむくみ……。医師はこのことについて何か言ってた？」

「血が溜まってるんだろうと言ってたな。だから瀉血して血を抜いたんだが、それで貧血気味になっただけだった。危険なので今はやめさせてる」

「押してみた？」

「押す？」

「むくんだ足を指で押してみた？」

「それは治療をしてるんだから、押してはみたさ」

「その時、どんな感じだった？　パンと跳ね返るようだった？　それとも、押されたらそのままだった？」

アルフレドは思い出すように視線を天井に向けた。

「……そのままだったかな？　ああ、そうだ。指の跡が残る感じだった」

私は昔聞いた北の方の病を思い出した。

でもまさか。あれは北だから、の病気だったもの。

「陛下は今、もう起き上がることもできない。このままでは体力を奪われ、命を落とすことになるかもしれないと言われている。お前のくれた薬を飲んだ時には少し持ち直したが、完治には至らなかった」

「あれは薬じゃないわ。栄養剤よ。病気に立ち向かうための体力を与えるものよ」

「そうか。それで少し立ち向かえたというだけか」

栄養剤が効いた……。

「王様の食事については調べた？」

「毒が入ってるということか？　それは医師団が……」

「そうじゃないわ。何を食べたかが知りたいのよ」

「ああ、それは訊いてこいという一覧にあったから調べてきた。その青い縁取りの紙に書いてある」

紙の束を捲《めく》って、言われた紙を取り出した。

さすがに王様だけあって、食事内容は豪華なものだった。

お酒が好きで、甘いものも好き。

野菜も好きだけれど、肉や魚はあまり好きではないようだ。だからメニューは豪華だけれど、食べているものは野菜が中心だった。

最近は食欲が落ちて、更に食事量が減っている。

豪華なメニューはもうなくなり、パンをミルクで煮たものを食していた。

偏食、と言っていい食生活だわ。

「どうだ？」

アルフレドは心配そうに訊いた。

「これ……、もしかしたら症例を見たことがあるかもしれないわ」

「知られた病気なのか？」

「そんなには知られていないのだけれど、北の方で同じ病気が流行ったことがあるの」

「流行る？　伝染病か？　だが城では病にかかったのは陛下だけだぞ？　……ああ、いや、老齢の大臣が似たような症状を示していたな」

「その大臣も肉や魚が嫌いなんじゃない？」

「ああ、菜食主義者だったが、それが何か？」

私は立ち上がると彼を置いて二階へ向かった。

書庫の中に、あの病気について書かれたものがあったはずだ。

本は、すぐに見つけることができた。

私はそれを持って再び階下に降りると、広げた書類の上にそれを広げた。

「見て、これよ」

そして問題の箇所を指で示して読み上げた。

「『ノエイ村の住人は、皆一様に倦怠感を訴えていた。特に症状の重い者は立ち上がることもできず、手足が動かなくなっていた。呼吸も浅く、心臓も弱っているようだ』。ね？王様の症状に似ているでしょう？」

彼も興味深げに本を覗《は》きこむ。

「『食欲はなく、足は腫れ、指で押すと跡が残る。記憶も曖昧で、動悸《どうき》も激しい』、確かに、そのようだな。それで、この病気の原因は？　治療はできたのか？」

「原因は食事よ」

「食事？　この村の人間と陛下が同じものを食べたというのか？」

「そうじゃないわ、同じものを『食べていなかった』のよ」

どういうことだ、という視線が向けられる。

「ここに書いてあるノエイ村は、山間の小さな村だったの。牧畜ができるような場所はなく、川もないから魚も採れない。食べていたのは主に小麦だけ」

「小麦だけ？　他には」

「貧しい村だったので、他には何もなかったの。特産物は麦と米。食べていたのはその加工品ばかり。王様も今はそうよね？」

「それはまあ……、確かに最近はパンをミルクに浸したものばかりだが……。病気になる前はもっと色々食べていたぞ」

「それでも量が少なかったし、お菓子を食事の代わりにすることもあったのでしょう？お酒も飲むし」

「酒はたしなみだ」

「お酒を飲むことが悪いと言ってるんじゃないのよ。パンやお酒、野菜だけじゃ足りないものがあるのよ」

「ひょっとして、肉や魚か？」

「そう。食べ物の中に何が入っているのか正確にはわからないわ。でも、『何か』が野菜には入っていなくて、肉や魚には入っているの。それが足りなくなると、この病にかかるらしいわ」

　これはエレーナが言っていたことだった。

　食べ物には、それぞれ効能がある。薬ほど大きく影響の出るものはなくとも、僅かずつであっても、大切な『何か』を含んでいる。

だから、好き嫌いはしてはダメよ、と。

「では肉を食べさせれば治るのか?」

「すぐには無理でしょうけど、改善はされるでしょうね。でも王様の病状はかなり進んでるみたいだし、薬を作った方がいいかもしれない」

「その薬はお前に作れるのか?」

「もちろん。ただ、今日の明日というわけにはいかないわ。材料を揃えたり、生成しないといけないし」

「その薬ができるまでにできることは? 肉や魚を食べさせればいいのか? 城にすぐ手紙を書こう」

「それならお酒はやめさせて。それから甘いものも控えて。パンを焼く時には、精製したものではなく、胚芽《はいが》がついたままの麦を使うのよ」

「白パンはだめなのか」

「わからないけど、ここにはそう書いてあるわ。この病が出たのは、小麦の豊作が続いて、村の人達が精製された麦で作ったパンを食べるようになってからだって」

私がその箇所を示すと、彼は本を手に取って熟読を始めた。

感染ではない。

毒の可能性もない。

症状も、患者の食生活も、本に書いてあるとおり。熱が出たり、斑紋が出たりする『書いてない症状』も出ていない。間違いないわ。王様の病気はノエイ村の病と同じものよ。

「ここに書かれていることは、王の症状にあてはまるものばかりだ。だが、どうして王城の医師はこのことに気づかなかったのか？」

「それは、ノエイ村がこの国のものではないからよ。そこはキーファ、失くなった国の片隅にあったの」

「お前の国か……」

その言葉に私は苦笑した。

「私はもうこの国の人間よ。ただ出身はそうね、そこだったわ。先代の魔女のエレーナもそう。この本は、彼女が自分の国から持ってきた本なの。だからこの国の医師は知らないのよ。だって、もう失くなってしまった国の、貧乏な山村で起こったことだもの」

まして、国が失われた時、書物などは皆、捨てられただろう。

「それで、ノエイ病だとわかって、治療法は？　薬を作れると言ったが」

「ええ。そのためにはまず、材料集めから始めないと」

「どこに売っている？　すぐに買いに行こう」

勢い込んだ彼の言葉に私は首を振った。

「メインの材料のうち一つは、この庵にあるわ。そしてもう一つは売り物としては流通していないから、自分の手で採りに行くのよ」

「森に?」

「ええ、森の奥に」

「わかった。私も行こう。この本に因れば、重症の患者は死に至るとある。急いだ方がいいだろう」

「そうね」

薬が早くできれば、あなたは早くいなくなる。

それを不安に思っても、薬を作らないわけにはいかない。

彼のためではなく、私が魔女だから。エレーナに、ただ薬を作るだけの薬師ではなく、人の命を救う魔女として育てられたから。

「でも今すぐは行かないわ。遠い場所だから、今から出たんじゃ採取場所に着いた時には陽が傾いてしまうもの。明日の朝早くに出るわ」

「今日はすることはない?」

「特にはね。だから……」

「では、お前のことを聞かせてくれ」

アルフレドはまた椅子を近づけた。

「リディアがどんなふうに育ったか知りたい。前任者のエレーナという女性についても」

「面白い話じゃないわよ？」

「それでも、お前のことは全て知りたいんだ」

アルフレドは私の手を取って引き寄せ、自分の膝の上に座らせた。

……恥ずかしい格好だわ。

「自分の椅子に座るわよ」

「私がこうしたいんだ。愛しき魔女をずっとこの手に抱いていたい。何せお前は放っておくと働いてばかりで、私の前でじっとしてるなんてことがないからな」

優しく包んでくれる腕に、期待してしまう。

この人は本気で自分を愛してくれているのだと。

「ご両親のことは覚えているか？」

「ぼんやりとね」

「何をしている人だった？」

「多分、貴族だと思うわ。私をここへ連れてきたのは乳母だったみたいだから。それに、家紋入りの指輪も持たされてたし」

貴族、と口にすると少し虚しい。

だって、認めてくれる人がいなければ、貴族なんて肩書に意味はないのだもの。

「エレーナは、多分遠縁の人だったんじゃないかと思うわ。でなければ、こんな森の奥に暮らしている人のところを目指してくるはずがないでしょう？　エレーナも、貴族だったんでしょうね。でも私達のここでの生活は、村の人と一緒よ、あなたには想像できないような生活だわ」

「かもしれないが、エレーナという女性は、お前をとても大切に育てたということだけはわかる」

「あら、どうして？」

「立ち居振る舞いが上品だ。村の女達はドタ足で、長いスカートを蹴るように歩く。だがリディアはちゃんと裾を摘《つ》まんで歩いている。言葉遣いもちゃんとしている。ちょっと気は強いがな」

こういう話を、私は今まで誰ともしてこなかった。

エレーナとの生活や、子供の頃の話も。

村人は私が子供の頃から知ってるんだから当然かもしれないけど、彼らの中では私は『魔女』だから、個人的なことは話さないのだ。

それはエレーナがしたことだった。

薬の効き目を高めるために、薬を作る人は特別な、よくわからない人にした方がいいと言って。

魔女と呼ばれることを訂正しないのも、それが理由だった。

だから、アルフレドが『私』のことを知りたがって訊いてくるのは新鮮だった。

彼は、『魔女』のことを知りたいのではなく、『私』のことを知りたいのだと思うと、嬉しかった。

「お前はきっと王城に行っても、臆《おく》することなく振る舞えるだろうな」

「そんなとこ、行かないわ」

「ドレスを持っていないのか？」

「エレーナのがあるわ」

「ダンスは踊れるか？」

「そんなもの、必要ないもの、知らないわ」

「教えてやろうか？」

「結構よ」

「私はリディアと踊りたいんだが？」

「まあ、どこの舞踏会へ連れてってくれるおつもり？」

そんなことできるわけないじゃないと言うと、彼は私を抱いたまま立ち上がった。

「ここで、二人きりでだ。誰も見てないしいいだろう？　音楽はないが、ステップだけでもいい。お前を腕に抱いて踊りたい」

音楽もない。

「無理よ」

観客もない。

「右足からこう滑らせる。手はここだ」

素敵なドレスも光り輝くシャンデリアもない。黒い髪が靡いて、家具に当たるんじゃないかと冷や冷やした。

「足を踏んじゃうわ」

でも楽しい。

「大丈夫、避けるのは上手い」

彼と組んで、その笑顔を見つめて、くるくると子供みたいに回ることが楽しい。

「アルフレド」

「前へ一歩、後ろへ一歩。右に揺れて、私が腰を離したらターンだ」

先のことをくよくよ悩んで、今のこの楽しさを味わわずにいるのはもったいないわ。終わりが来るなら、来るからこそ、楽しいと思うことを楽しむべきよ。

「上手い、上手い」

だから彼に踊らされながら、私は笑っていた。

心に少しばかりの不安をしまいこんで。

その黒い影を、見て見ないフリをして。


朝起きて、念入りにブラッシングする髪。

ついでだから、仕方ないからじゃなくて、その人のために作る朝食。

「おはよう」

と言われ。

「おはよう」

と返す朝の挨拶《あいさつ》。

「今日は材料を採りに行くんだろう?」

「ええ。結構キツイところにあるの。しかも、必ず見つかるかどうかわからないから、長丁場になるかも」

料理をしながら軽い会話を交わし、背後から近づく気配に胸が躍る。

「何を探すんだ?」

「ケスラという木の芽よ。地下から芽を出してるのを掘るの」

「ケスラ?」

「知らない？」

「聞いたことはある気がするが。一緒に行くから、形状を教えてくれ」

「あとで本を見せるわ。とても変わった木なの。枝の先から芽が出るんじゃないのよ。根っこの先から新しい芽が出て、木になるの」

「へえ」

「その芽に、薬効成分があるんだけど、地面を突き破って出てきてからじゃ薬効が薄いので、地面が盛り上がってるところを掘って、芽の赤ちゃんを見つけるの。それが見つけにくいのよね」

　薬草の話をしても、難しいからわからないとは言われない。

「世の中にはもっともっと役に立つ植物や、奇妙な植物がいっぱいあると思うわ。でもこの国は薬草学が遅れてるから、気づいてないのよ」

「昔の呪い師のせいだ。今はそれでも色々と研究が始まってはいる。本音を言えば、ここの蔵書を王城に持ち帰りたいくらいだ」

「それはダメ。王城なんかに持って行ったら、もったいつけて薬が人々の手に渡らなくなるわ。貴族って、何でももったいつけるから」

「だが眠らせておくには惜しい知識だ」

「独占したいわけじゃないから、写本はしてもいいわよ。ただし、知識を貴族が独占しないというならね」

「お前が学校を開いて、人々に教えたらどうだ？　この薬が出来上がれば、リディアは薬師の資格が取れるのだろう？」

「今のところその暇はないけど、面白い考えね」

くだらない夢の話もできる。

王都で薬師の資格を取って、学校を開くことができたら、貴族のあなたとも釣り合いが取れるかもという夢を抱くこともできる。

実際はきっと無理でしょうけど。

だって、王都には立派な薬師の学校がすでにあるし、片田舎の魔女はそんなところに入れるはずもないもの。

でも、答えを出さず、語るだけの未来は楽しかった。

太陽が森を照らし始める頃、朝もやの中、森の奥へ向かう。

蒼の森の由来を話してあげながら、二人でプリムラに乗って深く進む。

馬では入れないところまで行くと、今度は歩き。

足場の悪い場所では、アルフレドは私の手を握ってくれた。

下草の生い茂った場所を進み、泥濘《ぬかる》んだ斜面を下り、ボコボコと木の根の入り組んだ場所を抜け、ケスラの林へ。

その頃には太陽は頭上にあった。

「芽が出るのは本当は初夏なの。今はもう秋も終わり。時々気まぐれで季節外れに芽を吹くものがあるけど、数は少ない。見つけるのは難しいわ。今日見つからなかったら、また明日も来ないと」

「どれくらい見つければいいんだ？」

「そうねぇ……、薬に使うから、カゴに山盛りはないとね」

「では張り切って探そう」

そうはいっても、季節外れの今では、やはり容易に見つけることはできなかった。

帰りのことを考えると、陽が西に傾く前には戻らなければならない。

森は豊かで優しいけれど、夜には獰猛《どうもう》な獣も出る。途中に残してきたプリムラも心配だし、暗くなってから足場の悪いところを進むのも危険だ。

私達はお昼を食べ、影が長く伸びる頃まで探したけれど、見つかったのはたった二つだけだった。

諦めて一度庵まで戻り、その日は終わり。

森の奥まで行くのは大変だし、そのわりには成果はなかったのだけれど、一日中彼と一緒にいられただけで嬉しかった。

夜は二人でまた話をしながら時を過ごす。

静かな、二人きりの時間。

翌日も朝が早いから、お互い早々にベッドに入りゆっくりと休む。

そしてまた朝から出掛けてゆく。

一人ではない。

彼がいる。

それだけでいい。

二日目も成果はかんばしくなく、三日目にはアルフレドが一人で出掛けると言った。

「大体のコツは摑んだし、あの山道はリディアには辛いだろう。今日一日だけでも休んだ方がいい」

一緒にいたいとは思ったけれど、確かに連日出るのは大変だった。

きっと一人だったら一日置きにしていただろう。

なので、彼と離れるのは寂しかったが、三日目は別々に過ごした。

私はその間にもう一つの材料、ズキという豆をすり潰したり、採ってきたケスラの芽を乾燥させたりした。

夜、戻ってきたアルフレドに「おかえりなさい」と言うのも新鮮。

彼もその意味に気づいて、「ただいま」と笑った。

求められる軽いキス、与えられる優しい抱擁。

夕食のテーブルで向かい合い、お互いに今日一日のことを報告し合って、相手の仕事を労う。

不思議ね。

心が通ったと思ってからたった数日で、二人でいることが当たり前であるかのようになっている。

先のことは考えない。薄氷を踏むような幸せだけれど、手放したくない。

今だけでも、しっかりとこの手に握っていたい。

いつか、するりと逃げてしまうものであっても。

「城に手紙を書いた。食事のせいだろうから気を付けるようにと。ついでに、ノエイ村のことも調べるように書いておいた」

「調べられないんじゃないかしら？　もう失くなった国だし」

「だが、リディアやエレーナのように、あそこからこの国へ逃げてきた人間はいるはずだ。その人々を探して尋ねることはできるだろう」

「小さな村の出来事よ？　覚えている人なんているかしら？」

「それでも、何もしないよりはいい」

「あなたは行動派ね」

「お前ほどじゃないがな」

材料を採取して、薬を作って。

自分で自分の『幸せ』の期限を縮めているとわかっていても、手を止められない。

彼を行かせたくないから薬は作らない、という選択はない。それを口にしたら、自分の今までを否定することになってしまうから。

でも、その日が近づいているのはわかっていた。

薬は複雑なものではなかったので、材料が集まればすぐにできてしまうだろう。そしてアルフレドは懸命に材料を集めている。

必要なだけのケスラの芽は、思っていたよりもずっと早く集まってしまった。

材料が揃ったら、乾燥させて、粉に碾いて。配合しながら練って丸薬にして、また乾燥させたら終わり。

蜜月は、短いものだった。

「できたわ」

ついに、私は自分で自分の恋の終わりを口にした。

「王様の薬が完成したわ」

アルフレドは喜び、笑顔を見せた。

「ありがとう、リディア」

私を抱き締め、キスしてくれた。

「一刻も早く届けなければ」

「そうね」

届ける、ということはあなたがここから姿を消すということ。

微笑んで同意を示しても、心は痛む。

「明日発つ」

「それがいいわ」

「そして戻ってくる」

彼は私を抱き締めたまま言った。

「だからそんな不安そうな顔をするな」

気持ちが顔に出ていたかしら？

「疲れてるだけよ。早く作ろうと頑張ったから」

「そうか。では今日はゆっくり休むといい。ずっと働きづめだったからな」

彼の温もりに包まれて、不安はない。でも、その腕が離れると、急にそれに襲われる。

ああ、本当に疲れているんだわ。

目の前の現実が、まるで夢のように感じる。

ここにアルフレドがいることも、幻のよう。

「これが効けば、全てが上手くいく……」

出来上がったばかりの薬の瓶を掲げる彼の呟きも、遠いものにしか聞こえなかった。

「そうね……」

自分の声も。


朝起きて、部屋の窓を開けると、身体がぶるっと震えるような寒い空気が流れ込んできた。

毎朝の日課の中で、暖炉に火を入れるのがトップ事項になってきたわね。

服を着替え、髪を梳《と》かし、階下へ降りるとワラに薬品を二つかけて発火させる。単なる発火作用なんだけど、以前これを見た子供が魔法だと驚いていたわね。

やっぱり私は魔女なんだって。

冬になる前に、風邪の流行は抑えることができた。

けれど寒さが、リウマチなどの別の病気を発症させ、今も時々人はここを訪れる。

「おや、あの弟子はいなくなっちまったのかい？」

という質問と共に。

アルフレドは、薬が出来上がった翌日の朝一番にここを出て行った。

馬に乗る前に私を痛いほど強く抱き締めて、何度もキスして。

「なるべく早く戻ってくる」

と繰り返して。

あれからもう二週間以上が過ぎている。

前の時は一週間ほどで戻ってきたのに。

……こうなることはわかっていた。

彼の愛情を疑うわけではないけれど、彼は所詮王都の貴族なのだ。

そして彼は騎士。

騎士は、王に忠誠を誓い、王に認められることを生きがいとしている。

この、何もない土地で暮らすことよりも、家族や友人がいて、仕えるべき主《あるじ》がいる場所こそが、彼の住む世界なのだ。

愛情と生活は別のもの。

彼は、私を思い出すかもしれない。

愛しい人と想ってくれているかもしれない。

でも同時に、その他の全てを引き換えにしてここに戻るかどうかは悩むだろう。

騙されたとか、裏切られたとか考えることはなかった。だって、最初からわかっていたのだもの。わかっていて、彼を望んだのだもの。

彼に抱かれたことは嬉しかった。

心が通い合って彼と過ごした日々は楽しかった。

だから後悔はしない。

一人だけの朝食を作り、冬に入って少なくなってきた薬草を採りに行き、裏手の薬草園を手入れし、薬を作る。

アルフレドがやってくる前からしていたことを、ただ毎日繰り返すだけ。

エレーナとの思い出が詰まった庵の中に、新しい思い出が増えた。

アルフレドがあそこで私を見ていた。彼があそこで私を抱き締めた。あちらでキスをしてくれた。

食事のテーブルについて、あのカップでお茶を飲んだ。

彼は、今度はあの青いシャツを持って行った。

色染めの話をしたら友人が見たいと言ったからだそうだ。でも最初に買った白いシャツは残っていた。

それもまた、彼の思い出だ。

彼がくれた白いふわふわのショールは、働くのには不向きだから部屋に置いてあった。

夜、寂しくて堪らない時には、それを抱き締めて眠った。

アルフレドが戻ってくるだろうと思っていた最初の時は、彼の不在はただ寂しいだけのものだった。

それまで二人でいたのに、急に一人になってしまって、孤独を感じた。

でも今度は違う。

彼は、戻ってこないかもしれない。

いいえ、きっと戻ってこないだろう。

そして、『何となく気に入った人』『親しくなれそうな人』から、『愛しい人』に変わってしまったアルフレドの不在は、寂しさより悲しみを強くした。

それでも、心のどこかで私は彼が戻ってくるのを待っている。

彼が使っていた部屋は綺麗に整え、プリムラの馬小屋もちゃんと掃除をして、新しいシャツには刺繍も入れてみた。

でも彼は戻らない。

『彼は戻ってこない』と思うのは、戻らなくても自分が苦しまずに済むための呪文《じゅもん》だ。

私に本当に魔法が使えたら……。

杖《つえ》の一振りで彼のいる場所へ飛んで行く。そしてこっそり彼の生活を覗き見て、元気で暮らしているのを見ただろう。

戻ってくるかこないかは、彼の気持ち。戻る気がない人を呼び戻す魔法は使わない。

でも彼に会いたいという気持ちは私のもの。だからその姿を見てみたい。

そんなくだらないことを考えながら、私は庵を出た。

「寒いわ……。雪が降るのももう少しね」

今日は村まで行って、毛糸を買ってこよう。

小麦も買い足さないと。雪が降れば、村まで出掛けるのは難しくなる。

ついでに、ワインも少しだけ買おうかしら？

アルフレドはお酒を飲みたがるし、もしも彼が戻ったら、お茶よりワインに果実と香料を入れたものを出してあげた方が喜ぶでしょう。

戻らなかったら、一人で飲んでもいいし。

一歩踏み出す土は、靴の下でサクリと音を立てた。

霜が降りていたのね。

木々の間から見える空は灰色。

朝も早いのに、今日は朝霧が出ていない。

寒くなって、鳥の声も聞こえなくなってきた。小動物の姿もない。

周囲には物音はなく、私は一人。

「寒いわ……」

心も身体も寒くて、もう一度私は繰り返した。

冬だから仕方ないのよ、と言い聞かせるように。

初雪が降って、森は白く覆われた。

この辺りは雪深いところではないので、積もるのは珍しい。

明日の朝にはうっすらと積もったこの雪が解けて、地面は泥濘むだろう。

暫くは森の奥に薬草を採りに行くのは無理ね。

今まで採り溜めておいた薬草を調合し、まだ読んでいない本に目を通そう。

一人の冬は長い。

薪の蓄えがまだ足りないから、今日はそっちをしようかしら？

かつては楽しかった日々が、単調に感じる。

喜ばせてくれる人がいない、ただそれだけで。

今頃、王都にも雪は降っているかしら？　ここよりもっと南だから、雪は降らないのかも。

もし降らないなら、彼に見せてあげたい。

蒼の森が白の森になったところを。

最近では、彼のことを思い出す時、その名前を考えないようにしていた。名前ですら思い出すと胸が苦しくなるから、彼は『彼』。

少しずつでもいい、穏やかな記憶の箱に入れてしまいたい。でないと、生々しい思い出は、すぐに私を悲しませるから。

朝食を終え、出掛けようかどうしようか迷った。

雪は止んでいるけど太陽は出ている。この分だと、今日中に雪は解けてしまうだろう。解けた雪は道を悪くする。それなら、解けきって、地面が乾いた明日にした方がいいかもしれない。

今日はおとなしく庵で薬を作ることにしよう。

薬研を出して、硬い実を潰す。

暖炉には煮出すための鍋がかかり、グツグツと音を立てる。

静かだった。

だがその静けさの中に、突然馬のいななきが聞こえた気がした。

空耳？　こんな時期にここへ馬でやってくる人などいるわけがない。

私は手を止めて耳を澄ませた。

いななきはもう聞こえなかったけれど、何か音がする。あまり聞《き》き馴《な》れない音だわ。

立ち上がり、私は外を見ようとドアに手を掛けた。

だがそれより先に扉は外から開かれた。

「おっと」

金色の髪、青い瞳。眦《まなじり》の少し上がったきりっとした目元、笑みを浮かべた薄い唇、背の高いその姿。

「驚かせようと思ったのに」

「……アルフレド！」

ドアを開けたのはアルフレドだった。

幻ではない。本当のアルフレドだ。

私は迷わずその首に飛びつくように抱き着いた。

「アルフレド。帰ってきてくれたのね」

彼も私を強く抱き締めてくれると思った、キスしてくれると思った。

なのに……、彼は抱き返してはくれたけれど、キスはくれなかった。そしてしがみついた私の腕をやんわりと外した。

「……アルフレド？」

「ちょっと待ってくれ。お前達は少し外で待っててくれ」

その言葉で、やっと私は彼が一人ではないことに気づいた。

アルフレドしか目に入っていなかったが、彼の背後には馬車が停《と》まっていたのだ。随行の従者もいる。聞き馴れぬ音は、馬車の音だったのだ。

アルフレドは彼らから私を隠すように部屋の中へ押し込むと、後ろ手にドアを閉じた。

そしてやっと、私を抱き締めてキスしてくれた。

でも、もう素直に喜ぶことができない。どうして同行者がいるの？　何故馬車がこんなところまで乗り入れたの？

応えのないキスに気づいて、彼は私を離した。

「リディア」

「……あなたは、ここへ戻ってきたんじゃないのね？　また何か問題を持ってきたの？　それとも薬が効かなくて、私を捕らえにきたの？」

「捕らえる？　そうじゃない、迎えにきたんだ」

「迎え？」

「お前を城に迎えにきた。お前の薬はちゃんと効いた。王は健康を取り戻しつつある。ちゃんとした結果が出るまで、迎えにくることができなかったから、予想以上に待たせてしまったが」

「どういうこと？」

私は彼の胸を押し、距離を置いた。

アルフレドは一瞬不服そうな顔をしたが、すぐに真顔に切り替わった。

「リディアという存在を認めさせるためには、お前に手柄を与えなければならなかった。

何も持たずに城へ呼べば辛くなるだろう」

「城？　私を城へって、本気なの？」

　彼は何を言ってるの？

「最後まで聞いてくれ。リディアの薬は効いた。ノエイ村のことも調べがついて、今は医師達が対処している。そこで王が、お前に感謝をしたいと言い出した。お前を正式に城へ招待したいと。外にいるのは迎えの馬車だ」

「私は行かないわ。お城なんて……」

「これは王命だ。断ることはできない。それに、お前がいない間は、ちゃんとした薬師が村に常駐することになっている。どうか私と一緒に来て欲しい」

　何の冗談を言ってるのかと思っていると、ドアがノックされた。

　アルフレドがハッとして私を離し、ドアを開ける。

「失礼いたします。説明は終わりましたでしょうか？　お支度の時間がございますのでそろそろ」

　入ってきたのは、年配のご婦人だった。僅かに白いものが交じった髪はキッチリと結い上げ、レースやタフタのリボンのついた紫のドレスに身を包んだ、いかにもな貴族の女性。あの馬車は、この人が乗ってきたんだわ。

「モントン夫人」

　モントン夫人と呼ばれた女性は、険しい視線を私に向けた。

「城に来るように、とだけは告げた」

「然様《さよう》ですか。ではもうよろしいですね。アルフレド様は外でお待ちくださいませ。さ、あなた達、荷物はそこへ置きなさい」

　彼女に続いて入ってきた侍女達が、荷物を次々に床に置いてゆく。

「何が始まるの？」

　アルフレドに訊いたつもりだったのが、答えたのはモントン夫人だった。

「あなたのお支度です。そのお姿では城に入ることはできませんから。アルフレド様、早く外へ」

　彼女に強く言われ、アルフレドは渋々と外へ出て行った。

　この女性は、アルフレドよりも身分が上なのかもしれない。

「リディアさん。今着てらっしゃる服を脱いでください。下着も」

「着替えるなら自分の部屋で着替えるわ」

　モントン夫人の眉《まゆ》が片方だけキュッと上がる。

「あなたが養い親のドレスをお持ちだということはお聞きしました。どうやら貴族のお生まれであるということも。ですが、王城に入るためのドレスですから、着古したものよりもこちらで用意したものの方がよろしいでしょう。ああ、家紋の入った指輪があるのでしたら、それはお持ちください」

　驚いた。

　アルフレドったら、この人に全部話したのね。

「私はまだ城に行くとは言ってないわよ？」

「あなたのお気持ちなど関係ございません。この国に住まう者ならば、王の命令に逆らうことなどできないのです。もし拒まれるのでしたら、この国から出て行っていただかねばなりませんよ？」

「……う」

　彼女のバックに王様がついてる限り、勝負は決まってるわけね。

「あなた達、お手伝いなさい」

　侍女は三人いた。

　一人が運び込んだ荷物からドレスや靴を取り出し、一人が私の服を脱がせ、もう一人が髪にブラシを始める。

　私が協力しなくても、全く動じることなく作業を続ける。彼女達はプロね。

　モントン夫人は近くにあった椅子を軽くハンカチで払ってから座った。

　失礼しちゃうわ。掃除は完璧《かんぺき》なのに。

「あなたが魔女と呼ばれるのは、その黒髪のせいですか？」

さっきよりも少し穏やかな口調で、彼女が訊いた。

「森の奥で人に作れない薬を作ってるからじゃない？　でも私は魔女じゃないわよ。そこは彼から聞かなかったの？」

ちゃんと答えたのに、彼女の眉がまた上がる。

器用ね、眉で感情を表現できるなんて。

「言葉遣いを丁寧になさることはできませんか？」

「できるけど、今したいとは思わないわ」

「アルフレド様から、城へ呼ばれた理由は聞きましたか？」

「王様がお礼を言いたいからでしょう？　でもそんなことしてもらわなくてもいいのに。病人に薬を与えるのは当然のことだもの」

「アルフレド様と結婚なさりたいのでは？」

その問いには、私の方が眉を上げたかった。……上げられなかったけど。

「彼にプロポーズされた覚えはないわ。恋人とは呼ばれたけど」

「アルフレド様のお家《うち》のことは聞いてらっしゃるんでしょう？」

「全然。彼の名字も知らないわ。でも貴族で騎士だということはわかるわ。それも、王様に直接会えるくらい身分の高い人ね」

「……然様ですね。大変よい家柄の方です。ですから、あの方が伴って城に連れて行きたいと思う女性ならば、相応の身なりと態度が必要だと思います。でなければ、あの方が恥をかくことになるでしょう。それでもまだ、『ちゃんとした言葉遣い』をなさるつもりはございませんか?」

厭味ね。

「『私は何かの式典に出なければなりませんの? もしそうでしたら、先に手順を教えていただけるとありがたいですわ。それと、私が何時《いつ》ここへ戻れるかも教えていただけると嬉しいのですが』」

このくらいなら、ちゃんと話せるわよ。どうだと言うようににこっと笑う。

「結構、その程度の礼儀があれば、何とかなるでしょう。式典はございません。これはまだ非公式な招待ですから。あなたがお戻りになる期日については、私には何も申せません。陛下のお心次第です」

「何もかも王様の言うなりね。王族ってあんまり好きじゃないわ。いつも勝手だから」

また彼女の眉が不満を窺《うかが》わせる。

「あなたが、不幸な国のご出身であることは伺いましたが、我が国の王はご立派な方です。口を慎んでください。それとも、会ってもいない王族の方々を勝手に判断なさいます?」

「そうね。会ってから好きか嫌いか決めるわ」

今度は、大きなため息。でもそれが不快なのか、呆れてなのかはわからなかった。

「取《と》り敢《あ》えず、今はお着替えだけですが、城へ向かう途中の宿でもう一度やり直しましょう。お風呂《ふろ》に入って、上から下まで、綺麗に磨かせていただきます。あなたは磨けば光る要素が十分におありのようですから」

その言葉が褒め言葉なのか揶揄《やゆ》なのかがわからなかったように。


まるで貴族のお姫様みたいに髪を結われ、赤いドレスに宝石の装飾品までつけられ、ヒールのついた靴をはかせられた私は、僅かな手回りの品だけしか持つことを許されず、馬車に乗せられた。

アルフレドはこの姿に口笛を吹いて感嘆を示してくれたけれど、モントン夫人に睨まれて、改めて言葉で「とても綺麗だ」と褒めてくれた。

でも言葉が交わせたのはそれだけ。

彼はいつものようにプリムラの馬上にあり、私は馬車の中だったから。

車中では、モントン夫人と侍女が一緒だったけれど、侍女は口を利くことが許されていないのか、ずっと押し黙ったままだったし、モントン夫人も積極的に口を開いてはくれなかったので、馬車の中は静かなものだった。

その代わり、宿に着いてからが大変。

夫人のためか、宿はとても豪華で、多分こんなことがなければ一生泊まることなどないだろう。

男女は部屋が別で、アルフレドと話がしたかったのに、それも許されなかった。

宣言されていたとおり、風呂で上から下まで洗われ、髪には香油もつけられた。

「お嬢様は綺麗な御髪《おぐし》ですから、結われるより長く垂らしておかれた方がよろしいかと思いますわ」

という侍女の一言に、私は心から感謝した。

一日結い上げられていただけでも、髪が引っ張られて辛かったのだ。

「そうですね。パーティに出るわけではないから、よろしいでしょう」

モントン夫人もそれを了承してくれたので、ほっと胸を撫でおろした。

寝室は一人部屋。

暗闇《くらやみ》の中で、森では聞こえない人の立てる物音を聞きながら、少しずつ現実を把握して緊張した。

森を出たことはある。村にも行くし、隣の大きな街までだって行った。

けれど、馬車で半日走り続けるほど遠くへなんか来たことがない。

ましてやこれから自分が向かうのは王都、王城なのだ。

アルフレドは私を迎えにきたと言ってくれた。

それは王様の命令だからかもしれないけれど、私に肩書をつけてでも呼び寄せたいと思っていたということも言っていた。

モントン夫人は、私が彼と結婚したいんじゃないのかと訊いたし……。

結婚。

ベッドの中で、顔が熱くなる。

アルフレドとの恋が叶うならと思ったことはあった、彼が私のところに戻ってきてくれればとも思った。でも結婚なんて、そんな具体的なことは考えたことがなかった。

だって、彼は貴族で、私は森の魔女と呼ばれた女。身分というより生活が違う。

でも……。

彼が私に手柄をあげさせたというのは、何も持たない私に肩書を与えたかったから。あのモントン夫人に、家紋の入った指輪を持ってると教えたのも、私が元は貴族の娘だと伝えたかったからだとしたら。

アルフレドは本気で私との結婚を考えているのかも。

まだプロポーズはされてないけど……。

嬉しくて、顔が緩む。ベッドの中で、足をバタバタさせたい気分になった。

騎士の妻になれることがじゃなく、彼がそこまで私のことをまじめに考えてくれていたことが、だ。

いいえ、浮かれてはダメ。

まだアルフレドから正式に話をされたわけでもないのに。

期待し過ぎると、いいことはないわ。

悪いことの方を考えておきましょう。そうしたら、本当に『いいこと』が起こった時に、何倍にも嬉しいいし、悲しい結果になっても悲しみは軽減されるんだから。

そうね……。

王様への薬が効いたというんだから、私の薬師としての腕が認められたのかも。それで、私を王城付きの薬師に迎えたいという話になったということも考えられるわ。

王城に入るにはそれなりの格好をしなければならないし、身分も必要。だから私の身元をはっきりさせたのかも。

ほら、私の庵にある蔵書は貴重で、知識も分けて欲しいと言ってたし。

そこまで考えたら、一気に頭が冷えた。

こっちの方が、私とアルフレドの結婚よりありそうだわ。

取り敢えず、冷静になったところで、私は眠ることにした。

明日もまだ旅は続くようだし、体力を温存させないと。寝不足の顔をしていたら、あのモントン夫人に何を言われるかわかったものじゃないわ。

あの人は相当手厳しい人みたいだから。

そして翌日、目が覚めると早速侍女が入ってきて、私を上から下まで飾り付けた。

髪は結わず、多分すごく高価であろう髪飾りをつけられ、昨日とは違うドレスに着替えさせられる。

色は同じ赤だったけれど、デザインはずっと上品な感じだった。

朝食の席でやっとアルフレドの顔を見られたので、食事が終わると私はすぐに彼のところへ駆け寄った。

「あなた、私に何をさせるつもりなの？　その説明は何時してくれるの？」

「城に着いたら、全部話す。今はまだ中途半端で、説明ができないんだ」

「お城に着いたら、あなたと話す時間があるの？　モントン夫人に邪魔されずに？」

「彼女とは、上手くやってくれ。王妃の友人でもある侯爵夫人だ。それに彼女が……」

まだ話は途中だったのに、そのモントン夫人が私を呼んだ。

「リディアさん。お食事が終わったのなら、馬車に乗りますよ」

王妃様の友人の侯爵夫人という正体を聞いては、無下な態度を取ることはできなくなった。私には関係のないことだけれど、アルフレドには関係がありそうだもの。

「あなたのためにおとなしくしてあげる。でもお城に着いたら、覚えてなさい」

ジロリと彼を睨みつけて、私は夫人の方へ向かった。

やっと会えたのに、まだゆっくりと言葉も交わしていないのよ。抱擁だって、キスだって、中途半端だわ。

結婚の話だって、他の人から聞かされて、それが真実かどうかもわからない。

この状態に、きっちりカタをつけてもらうから。

馬車に乗ると、私は言葉遣いに注意しながらモントン夫人に話しかけた。

「奥様、そろそろ私がお城に着いたら何をすればいいのか、教えてくださいません？」

モントン夫人は、一瞬『あら』という顔をしたけれど、すぐにまた無表情になった。

「あなたは陛下のお客様として城に滞在していただきます。そして陛下御自らあなたに感謝の言葉をお伝えになります」

「御自らって……、私は陛下と直接お会いするのですか？」

「アルフレド様から伺ってませんか？」

「陛下が感謝しているとは聞きましたけれど、直接お会いするとは……」

「そうですか。あなたは本当に何も知らないのですね」

その言葉は、厭味ではなく、どちらかというと可哀想《かわいそう》にという響きがあった。

「私が知るべきことがあるのなら、教えていただけるとありがたいのですが？」

重ねて訊くと、彼女は小さく咳払いをしてから言った。

「まず、あなたは城の、奥宮《おくみや》にお部屋を用意されています。扱いは貴族のお嬢さんと同じものになります。その時に粗相のないようにお過ごしなさい。陛下は病状が回復しましたが、未だ大事をとって、安静になさっていますので、私室での面会になります。……ああそうだわ、あなたの薬のお陰で陛下のお命が助かったのですから、私からもお礼を言わねばなりませんね。ありがとう」

冷たい印象のあった夫人に頭を下げられ、私は慌てた。

「頭を上げてください。病人を治すのは薬師としての務めですわ。それが王様でも、商人でも、村人でも関係ありません」

「ですが、村人も助けられたら、あなたに感謝はするでしょう？　これは気持ちです。受け取ってください」

「はぁ……。では……」

「『はぁ』？」

あら、いけない。また彼女の眉を上げてしまったわ。

「ではありがたくお受けいたします」

私は慌てて言い直した。

「いいでしょう。陛下にお会いになった後には、陛下から相応の褒美が与えられると思います。命を救われたのですから、何でも望むものが与えられるでしょう。今、望みがあるのなら私が聞いて、伝えてもかまいませんよ?」

「望み、ですか……?」

「たとえば、王都に家を賜るとか、あなたの暮らしていた場所に病院を造るとか。王子との結婚も、許可されるかもしれませんよ?」

「病院は魅力がありますけど、他の二つには興味はありませんわ」

「どうしてです?」

「王都に家をもらっても、保ってゆくだけの財力がありませんし、私は王子様より好きな人がいますから」

「アルフレド様、ですか?」

名前を出されて、私は頬を染めた。

「別に、彼と結婚したいというわけではありません。ただ、一緒に時を過ごすなら、見たこともない王子様より彼の方がいいというだけですわ」

言い訳したけれど、彼女にはわかってしまったわね。

彼女の眉が、今度はきゅっと寄せられて、『またそんなことを言って』って顔になってるもの。

「あなたが、貴族と結婚するのは難しいことでしょうね」

今度も、言葉面は厭味に聞こえるが、声の響きは同情するようなものだった。

もしかしたら、この人は厳しいけれど、心根は優しい人なのかもしれない。

「わかってます。だから結婚なんて考えてません」

「……その方がよろしいでしょうね。いつか、私からもあなたに何かお礼を差し上げましょう」

「奥様が？」

「陛下は、私の夫の従兄弟《いとこ》ですから。王妃様からも何か賜ることになるでしょう」

「困ったわ……。そういうの苦手なのに」

「人生には、何かが必要になる時は来るものです。その『何か』を与えてもらえるかもしれないならば、覚えておくのも悪くないでしょう」

「……では、薬学の本にします。それが必要ですから」

会話はそこで一旦切れた。

また沈黙が車内を制し、気まずい空気が漂う。

すると、今までずっと黙っていた侍女の一人がそっと私の手に触れた。

「お嬢様、外の景色をご覧になっては？　そろそろ王都も近《ちこ》うございますから」

気を遣ってくれたのかしら？

「リディアで結構よ、お嬢様なんて柄じゃないわ」

せっかく気を遣ってくれたのだから、沈黙よりはそっちの方がいいわね。私はずっと閉め切っていた窓を開け、外に視線を向けた。

その途端、思わず声が出てしまった。

「すごい……」

大きな街には行ったことがあった。村から一日歩いたところに、市が立つ大きな街があったのだ。

けれど今窓の外に広がるのはそんなものではなかった。

見上げるような大きな建物、敷き詰められたレンガの道、尖塔《せんとう》のある教会。めったに見かけない馬車が通りを行き交い、街をゆく人々はよそいきの服を着ている。

「もうそろそろ王都の中に入りましたから。お嬢様は王都は初めてでございますか？」

「ええ、でも……」

私はその豪華な景色を見ながら、頭の片隅に眠っていた記憶が呼び戻されるのを感じた。小さな、小さな頃。私は同じように馬車で似たような景色を見たことがある。

「『でも』？」

「ううん、何でもないわ。似たような景色なら見たことがあると思っただけよ。もっと灰色で、ゴツゴツとした印象だったけど」

それはきっと、私の生まれた国なのだろう。

私の、二度と見ることのない景色。そして、今の私には必要のない景色。

「ねえ、あれがお城？」

私が大きな建物を指すと、モントン夫人はピシリと言った。

「あれはレモア伯爵の館です。王城はあんなに小さくございません」

夫人の言葉は、真実だった。

馬車が最終的に到着したのは、見上げるほどの大きなお城だった。

さっき見た館が小さいというのも当然だろう。あれが五つか六つは楽に入ってしまうだろう。

塔もあり、外から見えるバルコニーも凝った造りで、とても美しい。

まるで、絵物語に出てくるような建物だわ。いいえ、それ以上かもしれない。

しかも、中に入ると、もっとびっくりだった。

泥棒の心配をしなくていいの、と訊きたくなるほど無造作に、美術品があちこちに飾ってある。

床にはふかふかの絨毯《じゅうたん》が敷き詰めてあり、靴で歩くのも憚《はばか》られる。

お城の中に入ると、アルフレドとはそこでお別れだった。

「また後で会おう」

「後って何時？」

「今は約束できないが、必ず行く」

交わした言葉もそれだけ。

侍女達もここで一旦お別れだった。ただ、モントン夫人は一緒だった。

というか、彼女が私の案内人のようだ。

私の前を優雅に歩いて行く彼女に、途中ですれ違った者達が皆会釈してゆく。

王妃様と親しくなさってる侯爵夫人で、陛下の従兄弟の奥様だもの、当然よね。

「モントン夫人は、身分の高い方なのに、私に付き合ってくださるのですか？」

と訊くと、彼女はちらりと私を振り返った。

「陛下が直接お目にかかる者をいい加減な者に任せるわけには参りません」

つまり、『私のために』ではなく、『陛下のために』ついている、ということね。

その侯爵夫人が連れている、見たこともない黒髪の娘には、興味のある視線を向ける者が多かった。

あからさまに声をかけてくる者はいなかったけれど、視線の中にはあまり好意的でないものもあるようだ。

ひょっとして、モントン夫人が私についているのは、人々が容易に私に近づけないようにするためなのかも。夫人に睨まれたら、どんな人でもビクッとしてしまうでしょうね。

夫人に連れられて行ったのは、お城の奥にある、素敵な部屋だった。

「広過ぎるわ」

「ここではさして広い部屋ではありません。お座りなさい」

夫人は傍らの椅子を示した。美しい織物《おりもの》の張られた長椅子だ。

私達が腰を下ろすと、待っていたかのようにメイドがお茶のセットを運んできた。彼女は私達に挨拶をすることなく黙々とセッティングした。

「陛下とお会いできるのは明日になります。本日はもう予定はありませんので、ゆっくり部屋でお休みなさい。食事もこちらへ運ばせるようにしましょう」

「この部屋から出てはいけないのですか？」

「あなたは注目の的ですから、出歩いてもいいことはないでしょう。どこか行きたいところが？」

「書庫があるなら見たいと。こんな立派なお城ですもの、蔵書がすごいんでしょう？　もう二度と見るチャンスはないかもしれないですし」

「では後で本を届けさせましょう。書庫への立ち入りには許可が必要ですから、申請しておいてあげます。それで思い出しましたわ。薬室や医局の者が、あなたとお話がしたいそうです。薬のことなどについて、聞きたいことがあるそうです。お会いになる？　それともお断りしますか？」

夫人は優雅な手つきで用意されたカップに手を伸ばした。やはり立ち居振る舞いが洗練されているわ。

「別に会うことはかまいませんわ。今日？」

「いいえ。陛下のお召しが優先です。あなたがよいのでしたら、謁見が済んだ後に時間を作るようにしましょう」

当然だけれど、全ては陛下が中心なのね。

「明日の朝食の後、迎えが参ります。くれぐれも、陛下の前では粗相のないように。支度はもちろんこちらで用意します。それからあなたの指輪を預かってもいいかしら？」

彼女の視線を受けて、私は思わず自分の指を隠した。

そこには、持ってくるように言われた、私の生家の家紋の入った指輪がある。

「嫌です。これは私のたった一つの家族の形見ですから、他人に預ける気持ちにはなりません」

きっぱり断ると、意外にも彼女はすぐに謝罪した。

「そうですわね、不躾《ぶしつけ》なことを言いました。ごめんなさい。ではここで、もう一度見せていただいてもよろしいかしら？」

「それなら……」

私は指輪を外し、彼女に渡した。

「何故そんなものに興味を？」

家紋をじっと見つめる夫人に訊くと、彼女は視線を動かさぬまま答えた。

「先日、陛下のご病気のことを調べるのにあなたの国の人間を探したのです。それであなたの家のことがわかるならと思ったからです。あなたも、王城に足を踏み入れるならば、身分があった方がよろしいでしょう？」

「必要ありませんわ」

私は苦笑した。だって、失くなった国での肩書なんて、何の役に立つのだろう。それとも、王様と会うためにはそんなものでもいいから、私を『貴族』に仕立てあげなければならないのかしら？

「今の私は『蒼の森の魔女』という『身分』です。それ以上でも以下でもありませんわ」

返してくださいと手を出すと、彼女は指輪を返してくれた。

「あなたは身分に執着がないのね」

「森で暮らすのに必要ではありませんから。もし私が貴族でないから王様とお会いできないというのなら、それでも結構です」

「正式な薬師の資格が欲しいのでは？」

言われて思い出した。

「ああ、そんな約束もありましたわね。でも、私がいたところでは資格などどうでもいいことです。効く薬が作れるかどうかが問題なんです」

「わかりました。それでは、このことはあなたが必要と感じるまで、何もしないことにしましょう。それでは、私はそろそろこれで失礼するわ」

アルフレドとは何時会えますか、と訊きたかったが、どうせ『王様の後』と言われるだろう。ここでは、彼には仕事もあるし、家族や友人もいる。私など後回しだわ。

「それでは、また明日」

彼女が出て行くと、広い部屋に私一人だけが残される。

やれやれだわ。

私は自分のカップに手を伸ばし、お茶をいただいた。

「いい香り」

さすが、いいお茶を使ってるわ。

それにしても、この部屋は広過ぎて落ち着かないわ。

ベッドが見当たらないところを見ると、寝室はあの扉の向こうにあるのだろう。壁には美しい花の絵、天井にはレースのような彫刻、それともあれも絵なのかしら？

ここで、何日過ごせばいいのかしら？　王様に会ったら、即日返されるのかしら？

アルフレドとは、何時会えるのかしら？

それにしても、今更私が貴族かどうかを調べようなんて、ここは本当に『身分』がどれだけ重要なんだか。

きっと、一々あっちの人が上で、あっちの人が下って順番を決めないと落ち着かないいんだわ。

モントン夫人は第一印象よりもいい感じの人だったけれど、他の人はそうはいかないんでしょうね。

呪いを信じていた人達がいた場所だし、もしかしたら私を本当に魔女と信じてる人もまだいるのかも。

面倒臭い場所。

軽いため息をついて、背もたれに寄りかかる。

「まるで別世界ね、現実感が乏しいわ」

あの、初雪の降った森から、この豪華な部屋へ。これこそ魔法のよう。この豪華な部屋や、ドレスと宝石に包まれた自分。

本当に夢の中の世界だわ。

あの森の中では、貴族で騎士のアルフレドと、魔女と呼ばれた身分のない私も恋人でいられたけれど、ここでは難しそうね。

私は心の中で悪い終わりを考えた。

実際にそうなっても傷つかないように。

『愛しているけれど、住む世界が違う』

悲しそうにそう口にする、アルフレドの姿を。

それが現実にならないように祈りながら……。


その日は、届けてもらった珍しい薬学の本を読んで、一人部屋で過ごした。

メイドは本を届ける時と、食事の上げ下げ、就寝の支度の時にやってきたけれど、私とは口を利いてくれなかった。

一応話しかけてはみたのだけれど、曖昧に微笑んで会釈するだけだった。

多分、『話すな』と言われているのだろう。

ふかふかで落ち着かないベッドに入り、寝付けないまま迎えた翌朝。

昨夜と同じメイドが朝食を運んできたけれど、身支度を整えにやってきたのは別の侍女だった。

メイドは単純な仕事だけをし、侍女は身の回りの細かい世話をするということね。

そして二人でやってきた侍女達は、私も鏡を見て驚くほど美しく私を仕立て上げてくれた。

黒い髪に白い真珠の髪飾り、ドレスは胸元に大きなリボンがあって、袖口にはふんだんなレースのついた白と赤を基調にしたもの。

「お嬢様の瞳の色が、角度によって赤みがさすということでしたので、赤を選ばせていただいたのですが、黒髪に映えてとても美しいですわ」

侍女は多少会話が許されているのか、そう褒めてくれた。

「そうね。着飾れば私も何とか見られるようにはなるみたいね」

と言うと。

「まあ、『何とか』だなんて、とてもお美しゅうございます」

けれどもう一人の侍女は、私をあまり好んではいなかったらしい。

「魔女でいらっしゃるのですもの、美しく見せる魔法をお使いになれるのでは？」

と言って、もう一人にたしなめられた。

でも後者の侍女と考えを同じくする者は多いのだろう。

王城の奥で働く侍女は、片田舎の魔女に劣る存在ではない。王様や貴族の世話をする私がどうしてこんな女を、という気持ちもあるのかも。

やがて、モントン夫人が私を迎えにやってきた。

「美しく仕上がったこと」

目を細めて言った言葉は、率直な感想に聞こえた。

「ありがとうございます。ドレスと侍女の腕のお陰ですわ」

「いいえ。あなた自身の美しさですよ」

……やっぱりこの人はいい人だ。

「ついていらっしゃい。お部屋に入ったら、陛下がお話しになるまで、あなたは口を利いてはなりません」

「身分が上の人から声をかける、ですわね？」

「そうです。何があっても、取り乱したりしないように」

人に上下をつけるのは苦手だけれど、それがここのルールなら仕方がない。

私は夫人について部屋を出た。

きらびやかな廊下を進み、城の奥へ。

行き交う人の姿はなく、衛兵が守る扉の前まで夫人と二人きり。

夫人が近づくと、合図もなく衛兵はその扉を開けた。

「入りなさい」

促され、彼女に続いて部屋の中へ。

そこは、私が与えられた部屋よりももっと広く、もっと豪華だった。

クリスタルで作られたシャンデリア、細かな模様の織られた絨毯、大きな窓からは光が差し込み部屋を明るく照らす。

椅子は幾つも置かれているのに、部屋の中にいる人々は誰も座ってはいなかった。座っているのはただ一人、膝掛けを掛けた金髪の男性だけ。

今まで、絵姿一つ見たことはないけれど、それでこの人が王様なのだとわかった。では、王様の肩に手を置いて立っている穏やかな印象の美しい女性が王妃様だろう。

国王夫妻の背後には、五人の男性が立っていた。

その中に、白い礼服に身を包んだアルフレドがいた。

彼の姿を見ただけで、胸が苦しくなる。嬉しいような、恥ずかしいような、それでいてどこか寂しいような気持ちで。

やっと会えた喜び、着飾った姿の自分に対する恥ずかしさ、王様の傍らに立てるほど彼の身分は高いのだという寂しさだ。

「蒼の森の魔女、リディア」

王様が口を開いた。

「どうかもっと近くへ」

お言葉に、モントン夫人が目で『仰せのとおりになさい』と合図を送ったので、私は王様の前に進み出た。

「このたびは、私のために薬をありがとう。心より感謝する」

「本当に、あなたの薬がなければどうなっていたか……」

王様に続いて言葉を述べられた王妃様は目に涙を浮かべていた。

本当に、心から私に感謝してくださっているんだわ。

「あれは薬というほどのものではございません」

もう王様が口を開いたのだから、私からしゃべってもいいわよね？

「食べ物から摂取できる栄養を凝縮させただけのものです。症状が軽ければ、お食事だけで治療することもできたのですが、伺ったところかなり重症だということでしたので、薬にしただけでございます。快方へ向かわれた上は、お食事のみでも治癒できるかと」

「うむ。そなたの言葉を頼りに調べたこちらのグルド医師もそのように申していた」

陛下の言葉に、背後に立っていた五人のうちの一人、老齢の背の高い男性が小さく咳払いをした。

「遠方からでありながら、あなたの見立ては正しかった。病というものが食べ物から来るという考えは我々にはなく、新しい道筋を示してもらえたことには、私も感謝しましょう。魔女という呼称から、いかがわしい術を使われるのではないかと疑っていたことも、謝罪せねばなりませんな」

「私は薬師のトクラと申します」

医師の隣に立っていた瘦《や》せた男性が自己紹介をする。

「アルフレド様のお話では、あなたの家には貴重な薬草学の書物がおありとか。もし許されるのでしたら、是非拝見しに伺いたいと思うのですが、いかがでしょう？」

「ええ、もちろん。お譲りすることはできませんが、読むのはかまいません。写本なさっても結構ですわ」

私が答えると、トクラさんは驚いた顔をした。

「写しをとってもよろしいのか？」

「はい。多くの人がその薬で病を遠ざけることができるなら、喜んで。本を渡せ、薬を簡単に人に配るな、とおっしゃるような方でしたらお断りしますが、トクラ様はわざわざ私のところへ足を運ぶとおっしゃってくださいました。ですから、喜んでお見せします」

五人のうち、二人は医師と薬師。では残りの三人は何の役目の方かしら？

アルフレドは親衛隊とか、近衛とか、そんな感じ？

「陛下、もしよろしければ彼女に皆様を紹介なさっては？」

私の疑問を察したのか、モントン夫人が声をかけた。

「おお、そうだったな」

王様は王妃様と目を見交わし、小さく頷いた。そして王妃様が、彼らを一人ずつ示して紹介してくださった。

「では私から紹介いたしましょう。こちらが、宰相のギールグッド、その隣が医師のグルド。そして薬師のトクラに、近衛の大将のモース。一番端にいるのが私達の息子のアルフレドです」

……え？

「父を心配して、女性の一人住まいに押しかけたとか。本当にごめんなさいね」

今、何て？

アルフレドが王妃様の息子？

それは……、王子ということ？

「あなたには、アルフレドが世話になったことも含めて、きちんとしたお礼をしなければいけないと思っているのよ」

私を見るアルフレドの顔が少し歪んだ。

いつも見ていた笑顔ではない。気まずそうな、困惑した顔。

そして彼は私から視線を逸らした。

アルフレド……。

手が、足が、冷たくなってくる。

目の前に白く靄がかかったように、何も見えなくなる。

「リディアさん？」

倒れてしまいたい。

声を上げて泣いてしまいたい。

「錚々《そうそう》たる方々に……、お目にかかれたと知って緊張しております……」

でも私はそれをしなかった。

できなかった。

心は激しく動揺し、爆発してしまいそうなほどなのに、頭の中は空っぽで動くことができない。

四肢がバラバラになり、操りの糸が切れた人形のように身体が重くなる。

「陛下、お身体に障りますゆえ、本日はご挨拶のみでよろしいかと。いずれ皆様には彼女に話を聞く機会を設けますゆえ」

モントン夫人の声も遠い。

「……そうね。今日はこれまでにしておきましょう。明日ゆっくりと時間をとりましょう。モントン夫人、後は頼みましたよ」

「かしこまりました。さ、リディアさん、下がりますよ」

モントン夫人の手が私の肩にかかり、もう一方で手を握る。

「はい」

私は深く頭を下げ、礼をし、彼女に導かれるまま部屋を出た。

足元がふわふわして、地面がなくなってしまったかのよう。

たった今知った事実が、私を打ちのめす。

アルフレドが王子。

いずれ王になる方。

私から視線を逸らせたのは、私に嘘をついていたから？　いいえ、彼は『王子ではない』とは言わなかった。私が彼を騎士と思い込んだだけ。

騙したわけじゃない、黙っていただけ。

でも……。

「座りなさい」

いつの間にか部屋に戻され、促されるまま椅子に座る。

夫人は私の隣に座り、手を握ってくれた。

「あなた、アルフレド様が王子だと本当に知らなかったのね」

「彼が……王子だなんて……」

言葉を紡ぐと涙が零れそうになって、私はきゅっと唇を噛んだ。

何故、黙っていたの？

どうして最初に王子と言ってくれなかったの？

恋をする前に知っていたら、恋なんてしなかった。王子だと知っていたら、あの時あなたに応えたりしなかった。

「顔が紙のように白いわ。今日はもうゆっくりと休みなさい」

堪えた涙が頭から思考を追い出す。

優しい夫人の言葉も、耳に残らない。

彼女が去ったことにも気づかず、椅子に座ったまま固まっていた。

何も考えられなくて……。


彼がただの貴族なら、……それでもだいぶ無理だと思うけれど、夢は描けた。

彼がその地位を捨てて私と一緒に暮らしてくれるとか、私が森を出て、頑張って貴族の妻になるとか。

でも王子が相手ではそんな夢は描けない。

次期国王となる人が、その地位を捨てるなんて考えられないこと。

森の奥で育った娘が、王妃になるなんてもっと考えられないもの。

アルフレドが、私のところにやってきたのは、国王に渡す薬を作る者を見張るためだと言っていた。

自分の父親だもの、その心配は当然よね。

立派な馬に乗って、仕事や任務など気にしていないように、自由に滞在していた。

一番の仕事が父親の薬を無事入手することならば、それも当然。

王様の病状をつぶさに調べることができたのも、王子だから。

でもまさか、王子が自ら私のところへやってくるなんて考えもしなかった。彼は一度として、『自分は王子だぞ』なんて言わなかった。

木綿のシャツを着て、自分で馬小屋を直し、一緒に薬草を採りに行き、粗末な食事にも文句を言わなかった。

だから、王子だなんて、微塵も想像できなかった。

鷹揚《おうよう》な貴族だとしか。

でも、彼は王子だった。

あの席で、王妃様が嘘を言うはずがないもの、あれが真実なのよ。

そして身分を明かした後、彼が私から視線を逸らせたというのは、私を騙していたという自覚があるからなんだわ。

だって、私と一緒にいた時、彼は一度だってあんなふうに目を逸らしたことはなかったもの。

私を見つめる宝石のような青い瞳。

一点の曇りもなく私を見つめてくれていた。

……終わったのだ。

私達の、私の恋は終わったのだ。

彼が私を迎えにきたのは、自分の口から正体を明かすことができなくて、事実を私に見せつけるためだったのかもしれない。

彼が私を愛してくれたことは疑わない。

でも、私の手を取ることはできないのだと、その理由を告げたかったのだろう。

王様も王妃様も、私と彼との関係を知らないようだった。

つまり彼は、私達のことを両親には告げなかった、私とのことは秘密にしておきたかったのだ。

認めさせるつもりなどなかった、ということだ。

モントン夫人は、知っていたかもしれない。

いいえ、彼が迎えにきた時の私の様子から、気づいたのかも。

だから馬車の中で『王子と結婚』なんて話をしたのだわ。それで私が王子は見知らぬ人、そんな人よりアルフレドの方がいいと答えたので、私が彼の正体を知らないと察したのだろう。思えば、彼女の態度が軟化したのはその後ではなかったかしら?

それまでは、王子をたぶらかした魔女とでも思っていたのかも。

王子をたぶらかした魔女……。

今日、私に礼儀正しく接し、礼を述べてくれた方々も、事実を知ればそう思うだろう。真実私は魔女なわけではないけれど、その呼称に対して王城の人々が嫌悪感を抱いているのは想像できる。かつて呪い師を信じた愚かな王のせいで。

せっかく示してくれた柔軟な態度が変化することは想像に難くない。攻撃され、アルフレドの助けもなく惨めな気持ちになるのなら……。

帰ろう。

あの森へ帰ろう。

幸せな思い出の詰まった、私のいるべき場所へ。

ずっと椅子に座ったまま微動だにしなかった私は、考えを巡らせ続け、その答えに行き着いた。

心を決めると、私はメイドを呼んで、食事の支度を頼んだ。そして着慣れないドレスは疲れるから、もっと簡素なドレスを用意して欲しいとも。

「簡素なドレス、ですか……？　ございますかどうか」

「それなら、使用人の服でもいいわ。とにかく、楽な服がいいのよ」

ここから森までは遠い。

食欲がなくても、しっかり腹ごしらえをしておかなくちゃ。それに、この豪華なドレスは旅をするには不向きだし、高価過ぎて持ち帰ることはできない。

着替えるために侍女を呼んだのは、身につけられた宝飾品を彼女達にきちんと返却するためだ。

メイドは、縞《しま》の地に小さなレースのついた可愛らしい服を探し出してくれた。それに着替えると、少し気持ちが楽になった。

お金はある。手回りの品を持って行っていいと言われた時、一応財布は持ってきていたので。

少し足りないかもしれないけれど、足りない分は歩けばいいわ。足は達者だもの。

お城に入るのは難しいかもしれないけれど、きっと出るのは容易《たやす》いはずよ。

夜の闇に紛れれば、服も使用人のもののようだし、きっと出て行ける。

ここを出たら……、彼のことは忘れよう。

全てを忘れることは無理であっても、彼が王子であることは忘れてしまおう。

突然やってきて、短い恋をした騎士。どこか遠くへ旅立った人とだけ、覚えておこう。

多分、彼は迎えにはこない。

もう理由がないもの。

あの医師や薬師は庵を訪れるかもしれない。でもそれはかまわないわ。彼以外の人など関係ない。

私は一人でも大丈夫。

思い出だけあれば平気。

たとえ今涙が零れても、きっと止めてみせる。

だって、私は『魔女』だから……。


夕食を片付ける時、私はメイドに明日の朝まで誰も部屋に来ないようにと頼んだ。

慣れない豪華な部屋で疲れたので、一人になりたいのだと言って。

もちろん、夜の着替えも断った。簡単な服だし、他人に手伝ってもらわなければ着替えもできない貴族の令嬢ではないのだからと笑って。

そうして人を遠ざけてから、私は手紙を書いた。

『やはりお城は気疲れするので森へ帰ります。私への褒美は、どうか国の人々のためにお使いください』

もっと、色々書きたかったが、長くなるとアルフレドのことに触れてしまいそうだったのでそれだけにした。

署名を敢えて、『蒼の森の魔女』と記した。

この方が気まぐれな魔女っぽくていいと思って。

問題はこの広いお城の中からどうやって外に出るか、だわね。

モントン夫人についてきた道筋は覚えているけれど、そこには多くの人や兵士がいるだろう。

なるべく見つからないようにするためには、庭を通った方がいい。

手紙をテーブルの上へ置き、私は窓に近づいた。

カーテンを開け、ガラス戸を開く。

部屋は一階にあったので、外はテラスになっていて、庭に出るのに不都合はない。これが二階だったら、どうやって下りるか思案するところだったわ。

外灯の篝火《かがりび》はポツポツと点在していて、真っ暗ではないが心もとない。

でも夜の森さえ歩ける私には、暗闇とは言えぬ程度のものだった。

ただ、夜の空気は冷たく、このドレス一枚で外に出るのはためらわれた。外套《がいとう》も用意してもらえばよかったかしら？　でもそんなものを頼んだら、外へ出るのかと問われてしまっただろう。

考えて、私はベッドからシーツを剝《は》いで纏うことに決めた。

この部屋の中で、一番大きくて高価ではなさそうな布だったから。まあお城のものならシーツでも高いのだろうけれど。

でも褒美をくれると言っていたんだから、シーツの一枚くらいは許してくれるわよね？

奥の寝室へ入り、ふわふわの羽布団をおろし、シーツに手をかける。

「こんなことだろうと思っていた」

背後からの声に、私はビクリとして振り向いた。

隣室からの明かりに浮かぶシルエットが、紙を持って立っている。

「『やはりお城は気疲れするので森へ帰ります。私への褒美は、どうか国の人々のためにお使いください』？　お前らしい言葉だ」

……アルフレド。

「私を置いて、ここを出て行くのか？」

彼は、手にしていた私の手紙を床へ落とし、そのまま近づいてきた。

「何故……、ここにあなたがいるの……」

「何故？　約束しただろう、後で説明すると。そのために来たんだ」

怒ってる？

でも怒っていいのは私のはずよ。

それなのに表情を硬くして近づいてくる彼の前で、私はシーツの端を握ったまま動けなかった。

「シーツなんかで、何をするつもりだ？　それで荷物を纏めるつもりだったのか？」

「そんなわけないでしょう」

「そうだな。お前は金にも地位にも興味はない。ドレスも宝石も必要としない。だが、私まで必要としないとは思わなかった」

傍らまで来たアルフレドは、私の手を取り、少し強引にシーツから引き離した。

「あなたが……、王子様だなんて知らなかったわ」

彼の頬がピクリと引きつる。

そうよ。悪いのは私じゃないわ。アルフレドよ。

「どうして言ってくれなかったの？　そうしたら、あなたを好きになんてならなかった」

「私が王子なのがそんなに大事か？」

「大事に決まってるでしょう」

「王子だから、私を捨てるのか」

私の手を摑んだままの彼の手に、力が籠もる。

「あなたが私を捨てるのよ。いいえ、捨てるなんて言われたくない。あなたが王子だから、私達は別れなければならないのよ」

「どうして」

「……どうして？　だって……、許されるわけがないわ」

「それは他人のことだ。私が聞きたいのはお前の気持ちだ。どうして私が王子だと別れなければならないんだ？」

「あなたがそれを望んでるからよ」

「私が？　望む？」

「そうよ。あなたは王様に私達のことを何も言わなかった。いいえ、それはいいわ。言い出せることじゃないもの。でもあなたは……、私から目を逸らせた。それでわかったのよ、あなたの望むことが。何も言わずに終わりにしようとしていることが」

「それは違う！」

彼は声を上げた。

「視線を逸らせたことは認める。だがあれは、蒼白《そうはく》になるお前が痛々し過ぎて見ていられなかったんだ。一瞬にして血の気が引いてゆく姿を直視できなかった」

「後からは何とでも言えるわ」

「リディア」

「放して！　放してくれたら、あなたの望むとおり、私は一人で森に帰ってあげる。そして二度とあなたの目の前には姿を見せないわ」

「それは私の望むことじゃない」

「それじゃあなたの望むことって何？　身分を隠し、人に秘密にして、私に何をさせたいの？　愛妾《あいしょう》？　そんなのは御免だわ！」

「私の望みはお前の本当の気持ちを知りたいだけだ。私を愛しているか、愛していないか、そのどちらかを教えて欲しいだけだ！」

酷い人。

この状況でそれを訊くなんて。

「意地を張らず、ちゃんと言ってくれ。他のことは何も考えずに。それとも、また媚薬の力を借りなければダメなのか？」

「そんなことしたら舌を嚙み切ってやるわよ」

「じゃあ教えてくれ。私はお前を愛してる、リディアは？」

真っすぐ私を見る青い瞳。

今度は逸らされることなく、私を映す。

「……好きよ。愛してるわ」

私の言葉が終わらぬうちに、彼は私を引き寄せて抱いた。

強い力。温かい彼の温もり。

「……放して」

でもだめ。

「どうしてだ」

「許されるわけがないわ。あなたは王になる人でしょう？」

「だからお前が王妃になればいい」

「何言ってるの？　なれるわけがないじゃない。私は貴族でもなければこの国の人間でもない。魔女と呼ばれた女よ？」

「だが魔女ではない。確かに、反対は多いだろう。誰からも祝福されるわけではない。だがそれが何だ？」

「何って……」

「お前はそんなことで負けてしまうのか？」

この人は……、何を言っているんだろう。

私を王妃になんて、できるわけがない。

だが驚きはそれだけではなかった。

「父も母も、私がお前を望んでいることは知っている」

「……え？」

「だが心より賛成する、とは言ってもらえなかった」

それは当然だろう。でもあの時にはそんな素振りは微塵も見えなかった。

彼は、まだ私を騙そうとしているの？

「私は、薬を持ち帰った後、蒼の森の魔女を妻にしたいと両親に伝えた。お前の心配どおり、二人は私が魔女に騙されているのだと言った。かつて、呪い師が王に取り入ったように、魔女が王子を虜《とりこ》にしようとしているのではないかと疑った。だから、私はお前に自分が王子だとは告げていないと言った。リディアが愛しているのは、王子ではなく私自身なのだと。そうだろう？」

勢いに気圧《けお》されるように私が頷くと、彼はにこっと笑った。

見慣れた顔だわ。あの森の庵で、いつも見せてくれていた笑顔だわ。

「だが誰もそれを信じてくれなかった。だから、芝居をしたのだ。お前をここに呼んで、皆の前で私の正体を明かし、お前がどういう反応を見せるか。もし知っていたのなら、自分達はそういう関係だ、自分を城に置けと言い出すだろう。だが知らなければ驚き、……怒るだろうと思っていた」

最後の言葉を、彼はすまなさそうに言った。

「あんなに悲しそうな顔をするとは思わなかった」

「あの場にいた人達はみんな……、知っているの……？」

「ああ。私が話した。彼らは審判員だったのだ。お前が本当に私だけを見ているか、王子の妻の座を狙《ねら》う魔女なのかを見極める」

どうして涙が溢れるのだろう。

騙されて悔しいから？　本当に彼が求めてくれて嬉しいから？　ただ考えてもいなかった出来事に驚いて？

「蒼白になり、戸惑いながらも自分達の関係に何一つ言及せず、礼をもって引き下がったお前を見て、彼らも私の言葉を信じた。だから、私はそれを告げにここに来たんだ。やっと全てを説明できる、と。だがどうだ、来てみたらお前はあんな手紙一枚で私を置いて行こうとしていた」

「だって……」

「王子なんて、面倒臭いと思ったのか、私との苦難の道を選ぶより、森で一人で暮らすことを選んだのか？」

「違うわ……」

「では、もう一度訊く。私はもう覚悟はできている。お前はどうだ？　人々に祝福されなくても、いつか皆の理解を得られるように私と共に努力するか？　あの森を捨て、私のそばにいてくれるか？」

言いながら、彼の顔が近づく。

「私の妻になるか？」

返事を求めているくせに、私の唇を塞ぐ。

「王子妃ではなく、私の妻になって、共に闘うか？」

親しい人が認めてくれたとしても、きっと、多くの人が反対する。

認めてももらえないかもしれない。

王城で暮らすには、私には学ぶべきことが山のようにあり過ぎて苦労するだろう。作法も、ダンスも、貴族のしきたりも、何も知らないのだから。

そういうものと闘えと、彼は言うのだ。

闘って自分の場所を勝ち取れと、アルフレドの隣を勝ち取れと言うのだ。

「わ……、私を誰だと思ってるの……。蒼の森の魔女よ。負けたりなんかしないわ……」

世界が違う。その一言で何度も諦めようとした。

でも、あなたが私の手を取ってくれるなら。どこだって行くわ。あなたが乗り越えようと言うなら、その『違い』を一緒に乗り越えるわ。

「以前、お前は言ったな。礼儀正しくて、我慢強いクセに、我慢しなくていいとわかると自分の好きにする。傲慢じゃないが、強引だと」

言ったわ。まるで王様みたいに尊大な時があるって。

「自分がこうと決めたら絶対そうするんだと。お前はいつも、正しい目を持っている」

嬉しそうに笑って、彼は私を抱き上げ、ベッドの上へ下ろした。

「きゃっ！」

ベッドの上、覆いかぶさるように彼が近づく。

「アルフレド……？」

「お前が私を選ぶなら、どうして我慢する必要がある？　リディアはもう私のものなのに」

近づいた顔は、まだ笑っていた。

とても上機嫌だとわかる、嬉しそうな表情で。

「もう恋人ではない。お前が私の妻になるというのに」

私の髪をすくい上げ、そっと口づける。

「あんな薬は必要なかったと、教えてやろう。今、ここで」

そしてベッドに上がった。

私を求めるために……。


朝まで、この部屋に人は来ない。私が命じたから。

冬の夜は長く、静かで、あの森を思い出させた。

私は、もう『彼』を知っている。彼が何をしたいのかを知っている。

そして困ったことに、自分がそれを拒めないことも知っていた。

あの悦びに溺《おぼ》れてしまったから。

メイドが用意してくれた簡素な服は、前開きで、アルフレドの指は器用にボタンを外してゆく。

開いたばかりの隙間《すきま》から、手が中へ滑り込む。

「あ」

それだけで、悦びを知っている身体は反応した。

硬く大きな男の手が、私の胸の膨らみを包む。

柔らかな肉がその手で弄ばれる。

「私がお前を初めて抱いた時、すでに私の気持ちは決まっていた。お前を絶対に自分の妻にする、と」

「嘘ばっかり……」

「心外だ。私は嘘はつかない。……言わぬことはあっても」

差し込まれた手が動くたび、どんどんと襟元が開いてゆく。

手は、中で小さな突起を探しあてた。

指先が、まるで蕾《つぼみ》を摘むようにそこを指で挟み、ぐりぐりと弄《いじ》る。

「……あっ」

森へ戻るつもりだったから、身体を締め付ける上等な下着はつけていなかった。服と一緒に揃えてもらった緩やかなものだ。

ただ、普段使っているものとは違い素材は滑らかな絹だったため、簡単に開いてしまうのだ。

手は服の中で動くのをやめ、その隙間から膨らみを暴いて引っ張り出した。

「お前にはわからないだろうが、王の子が子を生《な》す行為を行うには覚悟が必要なのだ。軽々しく女性を抱くわけにはいかない」

それはわかるわ。

王の血は、王位の継承者を作る。徒《いたずら》に王位継承者を増やすことはできないのだ。

でもあの時、彼は何の躊躇《ちゅうちょ》もなく私を抱いた。

抱いて、何度も中に放った。

「……薬が……、効いていたから……」

「まだ言うか？　では今夜も、存分にお前を抱こう。私の覚悟を信じてくれるまで」

露になった胸に、彼が顔を埋める。

舌先が、指で摘まんでいた小さな蕾を嬲る。

吸い付かれて、ゾクリとする快感が背を這い上った。

「……ッ」

戸惑いながらも、『今』のこの感覚が自分のものであることを疑えない。

この間は、自分のせいじゃないかもしれない、媚薬のせいかもしれないという逃げ道があった。けれど今日はそれがない。

彼の手に身体が熱くなるのも。

触れて欲しい場所が疼くのも。

彼を迎えるために蜜が溢れるのも、全て『私』の反応。

はしたないと思いつつも、彼の手が私の服を剝いでゆくことに抵抗ができない。むしろ気づかれない程度、自ら身体を動かして協力してしまう。

「白い肌が緑なす黒髪に、搦《から》め捕《と》られるようだ」

胸に顔を埋めていた彼が、私の髪を一筋咥《くわ》えて身体を起こした。

男の人に色っぽいというのはおかしいかもしれないけれど、色気を感じる。

「それもいい」

唇に残った髪を舌だけで外そうと蠢くのも、私を煽る。

髪を零した後、唇は私の唇を求めた。

「舌を出せ、口を開けろ」

言われたとおりにすると、たった今髪を濡らした舌が、私の舌に触れた。

「……ん」

口の外で絡まる舌。

いやらしい音を立て、肉感的な感触を与える。

胸を弄られながら舌を触れ合わせていると、こめかみの辺りがズキズキと疼いた。

痛みではなく、そこが脈を打っているよう。

泣いているのではなく、目が潤む。

部屋は、十分に暖かいとはいえなかったのに、身体の熱が汗を呼ぶ。

まだスカートに包まれたままの下半身に熱が籠もる。

アルフレドの身体も熱くなっているのだろう。額には金色の髪が一筋、張り付いていた。

求めることで、熱が上がる。求められることで、熱が上がる。

互いの熱が、更に身体を燃え上がらせる。

「腰を。スカートを下ろす」

「え……、あの……」

私が自分から脱がなければならないの？

「お前も、私を求めてくれ。その証しを、私に見せてくれ」

恥ずかしいけれど、そう言われてしまうと言いなりになるしかない。私は、アルフレドが欲しいのだから。

服の、スカートの部分を引き抜くと、細い脚が現れる。アンダースカートはあるけれど、薄いそれは捲れ上がって脚を隠してはくれなかった。

右の足首が摑まれ、引っ張られる。

「あ」

開くというほどではないけれど脚の間に隙間ができると、彼はそこに入り込んだ。

「いや、だめっ！」

初めて、私は彼の動きに抵抗した。

だって、アルフレドは私の脚の間に顔を埋めようとしていたのだもの。

「やめて」

「花の匂《にお》いがする」

「アルフレド……っ！」

「私を誘う、お前の匂いだ」

身体を捻って彼に背を向け、逃れようとベッドを枕《まくら》の方へ這い上る。

すると彼は背後から私を押さえ付けた。

「あ、いや……っ」

身体に残っていた下着を、背後から剝ぎ取られる。

剝き出しになった背中、広がる髪をかき分けて彼の唇が背に触れる。

「……ンッ」

つい今し方、熱いと思った身体に鳥肌が立つ。寒いわけではないのに。

「アル……」

手が背中を滑り、腰を下り、尻《しり》の双丘を摑む。

「んっ」

痛みはないが、指が肉に食い込むのがわかる。

「柔らかいな」

「アルフレド……、そんなところに触れないで……」

「何故？」

「だって、この前はそんなところ、触らなかったわ」

「そうかもしれないが、別におかしいことではない。それに、お前が私に背を向けて逃げたのだから仕方がない」

「それは……。あ……っ」

尻を撫でた手が、前に回る。

「アルフレド……ッ！　や……、だめよ……っ。ん……っ」

下生えの中に指が潜り込み、前を探る。その中に、私の感じる場所があるのを知っているから、そこを探しているのだ。

ふっくらとした小さな丘の狭間《はざま》に隠れた場所に指が……。

小さな突起を弄られ、背が跳ねる。

声が止まらなくて、肩が震える。

甘い、『女』の匂い。

彼が花と言った、私の、彼を求める香りを、自分でも感じた。

俯《うつぶ》せになった身体の下にもう一方の手が潜り、また胸をまさぐった。

「あ…、あぁ……。や……っ。ん……」

エレーナの媚薬は、本当に効いていたのかしら？　どうして何も飲んでいないのに、こんなにも身体が悶《もだ》えてしまうの？

アルフレドの手に翻弄されて、シーツの海を泳ぐ。

「いや……っもう……」

「私も、『もう』だな」

前を弄っていた指が、更に奥深く入り込み、蜜に濡れた場所に入り込んだ。

「とろとろだ」

言わないで。

言い逃れできない自分の淫《みだ》らな気持ちを見透かされたようで、恥ずかしくて堪らない。

「嬉しいものだな。自分の惚れた女性が、私のせいで、私のためだけに乱れてくれるのは。もう、『あれは薬のせいだったのかも』と怯えなくていい」

その言葉に、思わず私は彼を振り向いた。

視線が合うと、アルフレドが照れたようにはにかむ。

「……強引かもしれないが、傲慢ではない。男も、恋愛には臆病なものさ。たとえ、王子であっても」

私が、薬のせいであんなに乱れたのだと逃げていた時、あなたは薬のせいで私が応えたのではと不安だったの？

だからあの後私を求めなかったの？　忙しかったからではなく。

「……好きよ」

肩越しに彼を見つめ、私は言った。

「あなたが好き。……一つになれることは……嬉しいわ」

恥ずかしさを堪えて、嘘偽りのない本当の気持ちを。

「リディア……」

身体が重なる。

背後から、彼が押し付けられる。

「あ……」

こんな格好でするの？　こういうのもあるの？

獣のように伏せたまま身体を重ね、腰を抱えられ、彼が私を求める。

肉塊が内股に当たり、濡れた場所へと突き進む。

「あ……」

逃げなければよかった、彼の顔を見ることができない体勢に後悔が過《よぎ》る。

でももう遅い。繋がってしまってからでは、身体の向きを変えることなどできない。

それに、その顔を見ることができなくて、身体が彼を感じていた。

自分の内側に、アルフレドが入ってくる。

「……ひ……っ、あ……」

手が、私に肌の上を滑り、柔らかな部分を愛撫する。

摑み、摘まみ、揉み、撫で、私の身体を堪能《たんのう》してゆく。

「何度でも……、中に注いでやろう。ためらう理由などない」

肉が擦《す》れる。

いやらしい音が響く。

頭の芯が痺れ、声は甘く零れ続ける。

長い髪が、自分の身体に、腕に、絡み付いて私を縛る。私の全てが、アルフレドに封じられ、自由にされている具現のように。

「あ……っ、んっ、んっんっ……。や……、奥に……っ」

快感が、痙攣となって全身を包んだ。

私の中で、彼が弾《はじ》ける。

とろりとした熱を身の内に感じながら、私は彼に応えた。

一時の快楽の相手ではなく、私に全てを与えるための熱を呑み込んで。

「リディア……」

冬の夜は長いと、これから思い知らされることも知らずに……。


翌朝、私が目覚めたのは部屋に陽光が満ちた頃だった。

陽の光の角度から見て、もう昼近い。メイドはもう来たかしら、この姿を見られたかしらと慌てていると、アルフレドが現れた。

「今朝一番に父上のところへ行って、お前の機嫌を損ねたから一日かけてとりなすつもりだと告げてきた。大丈夫だ、ここには誰も来ない」

まだ裸のままだった私にガウンを掛けてくれてそう言った。

私はこんなに疲れきっているのに、彼は何事もなかったかのようにちゃんと身支度を整えているところが少し憎らしい。

でも、優しいキス一つで、そんなことは気にならなくなってしまう。

どんなことも、彼がいてくれるのならばそれに勝るものはない。

彼が運ばせていた軽食とお茶をベッドの上で一緒にいただきながら、私達は長い長い話し合いをした。

今、私は彼に身分を隠されていたことを怒り、帰るとごねているけれど、アルフレドは必死にそれを宥《なだ》めている、ということにするために。そして行き違った互いの溝の、まだ残る細かい部分を埋めるために。

たとえば、メイドが呼びにくる前に彼がこっそり自分の部屋に戻ったことや、まだ私が寝ている間に、一度私に叩き出された芝居をしたことなど。

更に、彼の口からは様々なことを聞かされた。

庵に来た時から、私の美しさに惹かれたが、自分は王子だから私を求めることはできなかった。懸命に働く姿に心を奪われても、何も言うことはできなかった。

けれど、病状を調べるために一度王城に戻った時、頭の中から消えようとしない私の面影に、『もしもリディアも私を好きならば、自分の心に素直になろう』と決めた。

そして戻った彼に飛びついた私を見て、彼はお互い恋に落ちているのだと確信した。

私も、もう正直に同じ気持ちだったことを告白した。

彼のいない庵で、初めて『孤独』を実感したことも。

それでも、アルフレドは薬の一件がなければ、私を抱かなかったと言った。

「王位継承者として、結婚を考えずに女性と交渉を行うわけにはいかない。正式に、全てが終わってから求婚するつもりだった」

では、あの媚薬は本当に効いていたのかもしれない。

そして役に立ったのだろう。

薬を持って城に戻った後、彼は自分の恋について誰にも言わず、王様に薬を渡した。何も持たない私を『妻にしたい』と言えば、反対されることがわかっていたから。私の薬は効く。それを信じて、結果が出るまで待った。

そして父親の病状が改善し、私が立派な薬師だと認められ、国王夫妻の心の中に私に対する感謝の気持ちが生まれたところで、全てを話した。

蒼の森の魔女を、自分の妻にしたいのだ、と。

王の病を知る者、つまりあの時部屋にいた宰相や近衛大将、医師や薬師、国王夫妻も、『魔女』という呼び名から私が彼にあやしい術をかけたのではないか、何か盛られたのではないかと疑った。

アルフレドは、自分から私に告白したこと、私に王子という身分を話していないこと、私が一度たりとも城に行きたいとは言わず、薬の褒美すら要求していないことを告げた。

「お前が愛しているのは『私』で、他の理由はないと言ったのだ」

「信じてくれなかったでしょう?」

私は笑った。

「半分は。だから、お前に直接会うことにしたのだ。会って、私の話が真実かどうかを直接確かめたい、と言われた」

そしてあの謁見だ。

私が部屋を辞してから、皆はアルフレドの話が真実であることを信用した。

そこへモントン夫人が戻り、私がショックを受けて、抜け殻のようになっていることを伝えると、今度は非難が彼に集中したらしい。

「まあ、どうして？」

「きちんと説明ができるようになってから、『恋人』になるべきだった、と。あの時、本当にリディアを見ているのが辛かった。目の前で、真っ青になり、表情を消してゆくお前を見て、私は自分の身勝手さを知った。皆に言うより先に、まずお前に全て話すべきだったと」

モントン夫人は、もしも私が望むならば、私を養女として引き取り、モントン侯爵令嬢として殿下に嫁がせてもかまいません、とおっしゃってくれたらしい。

やはり、あの方は優しい方だった。

けれど、彼女はそんなことをしなくても、私がアルフレドの相手として相応しい女性だとも言ってくれたらしい。

「薬師として認めてくれたのかしら？」

「いいや。夫人はお前の出自を調べたのだ」

「出自？」

「お前の指輪の家紋だ。あれはキーファの公爵、アンドレイ公爵家の紋だった。詳しく調べたところ、公爵の妹夫妻の娘が、行方不明になっていて、その名前がリーディアだった。多分お前だろう」

「私の……家……」

その話は驚きだった。

家の名前も身分も、この国では忘れた方がいいだろうと誰も教えてくれなかったから。

「でも、もう関係ないわ。国も、家もないのに公爵様と言われても。領地もないのよ?」

「そうだな。お前が何者でもない私を愛してくれたように、私も公爵令嬢を愛したのではなく、蒼の森の魔女を愛した。それを言う必要はないだろう。だが、あの国は違う国になって、今は安定している。いつか一度行ってみるといい。両親の墓もあるかもしれない」

それには静かに頷いた。

「アルフレドが私と一緒に闘ってくれると言うなら、私は『蒼の森の魔女』としてあなたの隣に立ちたいわ。でなければ薬師のリディアとして。肩書ではなく、皆に私を見て、あなたに相応しいかどうかを決めてもらいたい」

「そんなもの。私が選んだのだから相応しいに決まってる。だが、お前を認めさせるのは必要なことだ。王族とは、貴族の世界とは、やっかいなものだから」

王子である彼が、ここを『やっかい』と言うのはなんだかおかしかった。

「さて、今日一日かけて私はお前の心を取り戻すことに成功するわけだが、明日には両親に会ってもらうぞ」

「怖いわ……」

私が身を寄せると、彼は肩を抱いてくれた。

「怖いことなどない。もう大体の話はわかっている」

「大体の話？」

「まずお前はあの庵を出て、この城に住むこと。蔵書は薬室に寄贈すること。暫くの間は、薬室で、薬師として働くこと……」

「……肩書は、王室付きの薬師とする。そうすれば、王城内のどこへでも出入りが自由になるからな。そなたの育った場所へは、ちゃんとした病院を造ってやるので、心配はない。もちろん、高い金など取らぬ」

この間とは違う壮麗な部屋。

昨日アルフレドが言っていたのと同じ言葉を、今日は王様から聞かされる。

「そなたの知識には、このグルド医師も、トクラ薬師も大変興味を持っている。そなたの育ての親であるエレーナという魔女……、と呼ばれた薬師のことも」

部屋にいるのは、先日より一人増えた十人。

国王夫妻に、グルド医師とトクラ薬師、ギールグッド宰相とモース近衛大将とモントン夫人。そして私とアルフレド。増えたのは、モントン夫人の夫、モントン侯爵だ。

「何故すぐに婚約をさせてくれぬかと不満はあるだろうが、これはそなたのためだ。王子妃ともなれば、王城の催しに参加せずにはいられない。だがリディアはまだ王城のマナーには慣れておらぬのだろう？」

「宮廷のダンスもだめですね」

アルフレドがからかうように口を挟む。

……憎らしい。

「うむ。だから、リディアが王子妃として文句のない教養を身につけるまで、時間を置こうということになったのだ」

王様は優しく微笑んだ。

その笑顔は、アルフレドにとても似ている。

「もちろん、あなたは王室付きの薬師なのですから、王子と会うことを禁じたりはしません。私があなたを気に入って、部屋へ呼ぶこともあるかもしれないわね」

でも青い瞳は、王妃様の方に似ているかも。

「私に娘ができるなんて、嬉しいことだわ」

王妃様の言葉が終わるか終わらぬかのうちに、トクラ薬師が身を乗り出す。

「お待ちください、王妃様。彼女は暫く我が薬室にて働いてもらわねばなりません。王妃様のお相手になさるのは、殿下とご結婚された後になさってください」

「いや、医局でも、彼女の持つ知識を分けていただきたい」

そしてグルド医師も。

「皆様、陛下のお言葉をお聞きになりましたでしょう？　彼女は暫く私がお妃《きさき》教育をしなければならないので余計な時間はございませんのよ？」

けれどその二人ともが、モントン夫人の鋭い視線の前に口を閉じた。

彼女が私の教育係。

……きっと厳しく教えられるんでしょうね。でも何かを学ぶことは嫌いじゃないから、いいわ。

「教育期間中は、我がモントン侯爵家に滞在してもらうということもありですな」

「それはだめです。それなら薬室に部屋を取ります」

「彼女は王室付きの薬師ですし、アルフレドの恋人なのだから、王城の奥宮に部屋を与えるに決まっています」

当事者は私なのだけれど、とても口の挟める状態ではない。

歓迎されているのはとてもありがたいけれど。あっという間に皆を魅了した。これじゃ私がお前

「やれやれ、やっぱりお前は魔女だな。あっという間に皆を魅了した。これじゃ私がお前を独占できる時間は少なそうだ」

アルフレドがそうぼやくと、モース大将がポソリと囁いた。

「夜がございます、殿下」

……軍人って、デリカシーがないわ。

「さて、それでは皆様。全ての取り決めが決定したところで、内々ではございますが、殿下の婚約を祝うことといたしましょう」

パン、と手を叩き、ギールグッド宰相が皆の前に置かれていたグラスにお酒を注ぐ。

「アルフレド殿下、並びにリディア嬢の婚約を祝して」

「おめでとう」

「おめでとうございます」

並んで座る私達に、皆がグラスを掲げる。

その顔には、疑いも嫌悪もなく、祝福だけ。

柔らかな空気が、なんだかくすぐったい。

私が、アルフレドの恋人として、いいえ、婚約者として皆に認めてもらえるなんて。人は、時に想像もしていない未来に道を繋げることがあるのね。

「これから、平坦《へいたん》な生活ではないと思うが、真に私の隣に立つまで、共に頑張ろう。私も、立派な王となるべく学び続ける」

アルフレドはグラスを合わせ、私の頬にキスした。

「だがモースの言うとおり、夜は私のものだぞ」

と囁きながら……。

あとがき

皆様、初めまして。もしくはお久しぶりでございます、火崎勇《ひざきゆう》です。

この度は、『強引な恋の虜』をお手にとっていただき、ありがとうございます。

イラストの幸村佳苗《ゆきむらかなえ》様、すてきなイラストありがとうございます。担当のS様、お世話になりました。

ここからはネタバレがありますので、お嫌な方は後で読んでくださいませ。

さて、今回のお話、いかがでしたでしょうか?

魔女、とはあるけれど、魔法を使うわけではない薬師《くすし》のリディアと、騎士と思われていたアルフレド。

森の中で暮らすうちに、互いのよいところに惹《ひ》かれ合って恋は実るのですが、どうしてもアルフレドを信じきることができないリディア。

アルフレドは本気なんだけれど、伝わらないというより、信じた結果が悪かったら傷ついてしまうと臆病だったのです。

でも、アルフレドはちゃんと本気で、それを彼女にも周囲の人にも明確にし、『そして幸せに暮らしました』のはずなのですが……。

身分もなく、外見もこの国の人とは違うリディアの試練はこれからです。何せ、森の魔女から王子妃候補ですから。

ではこれから二人はどうなるのでしょうか？

アルフレドは王子らしく一途で強引にこの愛を貫きます。けれど、周囲の貴族達は、いくら王子が宣言してもそう簡単には認められるわけがない。

薬師として城に滞在するだけだったら、リディアも尊敬されたでしょうが、王子の恋のお相手となると、ライバルやら家柄を気にする老人達からのバッシングが。

最初は迫害に負けそうになるかもしれませんが、リディアは生来気の強い娘。

苛められ続けると、「どうして自分が下手に出なきゃいけないの？」と思う日が来るはずです。そうなれば、彼女の反撃が開始。

たとえ王城で孤立しても、顔を上げて立っていたい、という態度に出るでしょう。

でもそれじゃちょっと可哀想なので、そうですね……。

ネチネチお嬢様達に厭味《いやみ》を言われ、孤立しているリディア。アルフレドに「私が皆に言おうか？」と言われても、これは自分の戦いだからと助けを断る。

そんな時に、国に流行《はや》り病が。リディアは身を粉《こ》にして治療院の医師達と研究に入り、自分のいた森に薬草があるから採《と》りに行くと城を飛び出す。

もちろんアルフレドは一緒に行くと言うのだけれど、王子は城を離れてはいけない、それぞれの役目を果たしましょうとそれを拒む。

　そして無事治療薬を作り、意地悪してたお嬢様達にも薬を配り終えた後、彼女は疲労から倒れてしまう。

　でも、目覚めた時にはアルフレドが側にいて、「お前は自分の力で私の隣を勝ち取ったな」と笑う。

　彼女の働きを古株の貴族も、厭味なお嬢様達も認めないわけにはいかず、改めて皆に祝福されてアルフレドの正式な婚約者に。

　なんてのはどうでしょう？

　もしくは、優秀な薬師がいる、と聞いてやってきたリディアの国の今の王子が、リディアの美しさに惹かれ、彼女は自分の国の国民であるべきだ、彼女は私のものだ、とアルフレドと戦うなんてのも面白《おもしろ》いかも。

　アルフレドだって、ちょっとは慌ててみればいいんです。（笑）

　それではそろそろ時間となりました。またの会う日を楽しみに、皆様御機嫌好《よ》う。

『強引な恋の虜　魔女は騎士に騙される』、いかがでしたか？
火崎《ひざき》勇《ゆう》先生、イラストの幸村《ゆきむら》佳苗《かなえ》先生への、みなさまのお便りをお待ちしております。

火崎勇先生のファンレターのあて先
〒112-8001　東京都文京区音羽2-12-21　講談社　文芸第三出版部「火崎　勇先生」係

幸村佳苗先生のファンレターのあて先
〒112-8001　東京都文京区音羽2-12-21　講談社　文芸第三出版部「幸村佳苗先生」係

＊本作品はフィクションであり、実在の個人・団体・事件などとは一切関係がありません。

N.D.C.913　250p　15cm

火崎 勇（ひざき・ゆう）
1月5日生まれ　やぎ座　B型
趣味はジッポーのオイルライター収集
BL・TLなど著作多数
日々紫煙の中で暮らしております

講談社X文庫

white heart

強引《ごういん》な恋《こい》の虜《とりこ》　魔女《まじょ》は騎士《きし》に騙《だま》される

火崎《ひざき》 勇《ゆう》

●
2017年10月3日　第1刷発行

定価はカバーに表示してあります。
発行者——鈴木　哲
発行所——株式会社 講談社
東京都文京区音羽2-12-21 〒112-8001
電話 編集 03-5395-3507
販売 03-5395-5817
業務 03-5395-3615
本文印刷—豊国印刷株式会社
製本———株式会社国宝社
カバー印刷—豊国印刷株式会社
本文データ制作—講談社デジタル製作
デザイン—山口　馨

ISBN978-4-06-286963-8

講談社X文庫ホワイトハート・大好評発売中！

秘蜜の乙女は艶惑に乱されて
北條三日月
絵／沖田ちゃとら

触れてほしかったのは本当のあなた……。家名存続のため兄と入れ替わりマクドウェル子爵となったアンジェは、親交を深めていた美しいダーク伯爵から、女性と見破られ!? 誘惑と官能のラブファンタジー！

華姫は二度愛される
北條三日月
絵／KRN

貴女のその白い肌はすべて私のものだ。夫である先々帝の早逝により、若くして太皇太后となった蘭華は、新たな皇帝・飛龍から半ば強引に后として求められて!? 熱く切ない皇宮ラブロマンス。

美しき獣の愛に囚われて
北條三日月
絵／幸村佳苗

触れる手は私が愛した人のものではない!? 幼いころ一目で心を奪われた王子さまのような婚約者との再会に胸躍る伯爵令嬢シェリル。だが目の前に現れた美しい青年は、彼に似てはいるが見知らぬ男だった!?

秘密の王子と甘い花園
峰桐 皇
絵／天野ちぎり

甘い薔薇の蜜が誘う、運命の恋物語。娼館に売られそうになった少女フィアラを救ったのは、古い館に住む謎めいた仮面の美青年だった。彼の腕の中で花びらを開かれ、淫らな蜜を零してしまって……。

エロティック・ムーンに盗まれて
峰桐 皇
絵／岩下慶子

心ごと、奪われてもかまわない。失った家宝を取り戻すため、夜会の度に貴族の館を密かに探索していた子爵家令嬢のソニア。まさか、都で噂の怪盗グリスに会うなんて!? 甘く口止めされ、ソニアは!?

ホワイトハート最新刊

強引な恋の虜
魔女は騎士に騙される
火崎 勇 絵／幸村佳苗

あなたを虜にするのは私という媚薬。魔女と呼ばれる『薬師』リディアは、王の病にきく薬を作るよう命じられる。監視に訪れた騎士・アルフレドから疑惑の目を向けられながら、彼に惹かれてしまい……。

誓いはウィーンで
龍の宿敵、華の嵐
樹生かなめ 絵／奈良千春

冬将軍に愛される男、ふたたび！ ウィーンに渡った藤堂和真を激しく愛するのは、冬将軍と呼ばれるロシアン・マフィアのウラジーミルで……。清和の宿敵・藤堂の劇的で命がけな外伝に、待望の続編登場！

恋する救命救急医
アンビバレンツなふたり
春原いずみ 絵／緒田涼歌

美貌のオーナー×クセ者ドクターの大人の恋！ 救命救急センター長の篠川は、妻帯者だと思われているが、実は『le cocon』のオーナーと長年パートナーとして暮らしていて……。期待の大人カップル登場！

囮《おとり》―探偵助手は忙しい
高岡ミズミ 絵／日吉丸晃

探偵助手のお仕事は、危険がいっぱい!? 売れないイラストレーター・晋一郎の居候先は、老舗呉服屋の次男坊・千秋の家。オカルト専門の探偵業を営む千秋の囮捜査に、助手として従うことになったが……。

ホワイトハート来月の予定（11月1日頃発売）

ブライト・プリズン 学園の王に捧げる愛 ……………… 犬飼のの
公爵夫妻の幸福な結末 ……………………………… 芝原歌織
月の都 海の果て ……………………………………… 中村ふみ
霞が関で昼食を 恋愛初心者の憂鬱な日曜 …………… ふゆの仁子
恋人の秘密探ってみました ～フェロモン探偵またもや受難の日々～ … 丸木文華

※予定の作家、書名は変更になる場合があります。